全民微阅读系列

每一棵小草都会有春天
MEIYIKE XIAOCAO DOUHUI YOU CHUNTIAN

厉剑童 著

江西高校出版社
JIANGXI UNIVERSITIES AND COLLEGES PRESS

图书在版编目（CIP）数据

每一棵小草都会有春天 / 厉剑童著 . — 南昌：江西高校出版社，2017.1（2021.1重印）
（全民微阅读系列）
ISBN 978-7-5493-5051-3

Ⅰ. ①每… Ⅱ. ①厉… Ⅲ. ①小小说—小说集—中国—当代 Ⅳ. ① I247.82

中国版本图书馆 CIP 数据核字（2017）第 017540 号

出版发行	江西高校出版社
社　　址	江西省南昌市洪都北大道96号
总编室电话	（0791）88504319
销售电话	（0791）88592590
网　　址	www.juacp.com
印　　刷	永清县晔盛亚胶印有限公司
经　　销	全国新华书店
开　　本	700mm×1000mm 1/16
印　　张	14
字　　数	160千字
版　　次	2017年1月第1版 2021年1月第2次印刷
书　　号	ISBN 978-7-5493-5051-3
定　　价	45.00元

赣版权登字 -07-2017-61

版权所有　侵权必究

图书若有印装问题，请随时向本社印制部（0791-88513257）退换

目录

第一辑　草儿青青，梦长长 / 1

无法偿还的欠债 / 1

捡樱桃种的女孩 / 6

最美的风景 / 9

最美的声音 / 13

收破烂咪 / 16

挖丹参的少年 / 19

放风筝 / 23

爱你，让我抱抱你 / 26

草儿青青，梦长长 / 29

幸福的平安果 / 33

折柳的少年 / 36

你的掌声是我飞翔的翅膀 / 40

台阶 / 43

不翼而飞的药瓶 / 55

总能找出我错题的男生 / 58

最后走的男生 / 61

往前走，总能走到春天里 / 64

生物书 57 页 / 67

做不了豆腐，就做豆腐渣 / 70

最后的来信 / 73

每一棵小草都会有春天 / 76

七个苹果 / 79

送您一枚红叶 / 82

木瓜上的女人像 / 86

两个人的秘密 / 89

第二辑　天亮,因为你的脚步 / 93

最美的格桑花 / 93

一个人的颁奖仪式 / 97

土地,土地 / 99

不想考好的女孩 / 102

特殊的奖励 / 105

最美味的鱼 / 109

折不断的教杆 / 112

雨总有停的时候 / 115

袜子 / 118

天亮,因为你的脚步 / 121

麦苗花 / 124

没有雨伞你必须跑 / 127

老师也犯过你这样的错误 / 130

杜鹃花儿开 / 134

跳楼事件 / 137

你的等待,我最暖心的爱 / 140

捡垃圾的男孩 / 143

"说　法" / 146

两只手镯 / 150

醉人的花香 / 153

让我当一次升旗手 / 157

女兵 / 160

第三辑　谁给你的爱不留缝隙 / 164

最珍贵的签名 / 164

贫穷不是做贼的理由 / 168

最珍贵的礼物 / 171

秘方 / 174

独自吹泡泡的女孩 / 178

说狠话的老师 / 180

堆土玩的小女孩 / 184

兰花指 / 187

有情况 / 190

空位 / 193

妈妈来信了 / 197

母亲节的鲜花 / 200

55号储物柜里的秘密 / 203

无法拍成的照片 / 206

爷爷的故事 / 209

啪啪啪 / 212

听泉 / 215

第一辑　草儿青青，梦长长

　　成长之路不可能一帆风顺，挫折、失败和打击在所难免，面对人生的诸多不顺和不如意，是选择退却，还是勇往直前？是无视眼前的美丽风景、一味沮丧颓废，还是边走边唱？每个人都会做出不同的选择。意志坚强、富有责任感和爱心的人，必然会选择珍视所拥有的一切美好，美好的友情、同学情、美好的环境和机会……把困难、挫折和磨难化成奋进的新动力。因为他们坚信：只要坚定脚步"往前走"，总能走进"春天里"。草儿正青，梦正长……

无法偿还的欠债

　　父母的恩，这辈子再也无法偿还了。如果有来生，就让我做他的父亲，来报答那辈子他对我的恩情和爱。

　　那年高考，我以 0.5 分之差名落孙山。父母百般劝我回去复读，班主任也找上门让我回校复习一年，可我对没白没黑极度紧张的高三生活产生了莫名的恐惧，死活不肯复读。父亲怒不可遏，瞪着眼，狠狠地骂道："你这不争气的东西，我土里刨食供备你容易吗？不复读，就别踏进我的家门！"父亲把那个"我"字说得格外重，仿佛一把镢头砸在我的心上。母亲扯了他一把，父亲恶狠狠地瞪了母亲一眼，说："闭嘴！"那一眼，恨不能把母亲活吞了下去。母亲被吓萎了，再也不敢说第二句话，站在一旁默默垂泪。

"不进就不进，谁稀罕！"我仰着头，梗着脖子，赌气地收拾包裹，头也不回地跨出家门，任凭母亲怎么拖拽都不听，父亲大声呵斥母亲："不要管他！有种走了别回来！"我噙着泪水，独自一人去了几百千米外的一座城市。

那是临海的一座中等城市。人地两生，人海茫茫，哪里才是我的安身立命之处？还有饭碗又在哪里？我开始后悔自己的冲动，可说出的话泼出去的水，开弓没有回头箭，就是饿死也不回家！我用母亲临走时硬塞到口袋里的几百元钱，租住了一户人家狭小的地下室。里面陈设很简单，只有一张床，灯光昏暗得看不清对面人的脸。出门事事难。不出大力又赚钱多的活很难找。我个头矮小，身体瘦弱，干不了重体力活，只好暂时找了一个商场当保安的工作，月薪只有几百元，幸好中午管一顿饭。对这份工作我并不满意，因为我心里一直有个念头，做生意发大财，当人上人，将来发达了让那个叫父亲的说狠话的男人看看，他嘴里的"东西"到底成不成器。

这个想法无时无刻不在折磨着我，尤其是当保安遇到冷眼和不屑的目光时，这个念头更加强烈。于是，工作之余，我四处寻找发大财的"商机"。功夫不负有心人，那天我在城市的一角，碰到一个急着出售一车鸭梨的男人，他说家里糟了难，只好把水果降价处理好赶快回家。男子的不幸令我莫名的心痛，他出的价钱比店里的

第一辑　草儿青青，梦长长

便宜不少。我没有多想掏出口袋里所有的钱，又跟同事借了些凑足两千五百元，买下了那一车鸭梨。没想到，那是一个骗局，那些鸭梨外表看起来很好，个大、鲜亮，切开一看里面全是一道道黑线，显然已经腐败，根本无法食用，更卖不出去，只好倒掉臭水沟。两千多块钱全部打了水漂，还欠下一屁股债，不吃不喝大半年也还不完。同事知道我被骗，担心赖账跑了，催着我还钱。

我这时候才体会到父亲嘴里常说的那句"一分钱难倒英雄汉"的深刻含义。我欲哭无泪，叫天天不应，喊地地不灵，恨自己无能无知，这么容易上当受骗，死的心都有了，可"欠债还钱"的道理我懂得。然而，那么一大笔钱对我而言无异于"巨款"又从何而来？总不能去偷去抢银行吧。

正在这时，阿华来了。阿华是我们村的，和我从小光屁股长大。他父亲死得早，母亲身体不好，初中没上完就辍学在外打工。前几年他母亲东拼西凑总算给他娶了媳妇，可不久他母亲就连病带累撒手而去。媳妇一年前生了对双胞胎，在家拉扯孩子。只听说阿华仍然在外奔波，只是我不知道原来他也在这座城市打工。听阿华说，他现在一家纺织企业后勤当维修工，工资待遇不错。

阿华说他听说了我的事，劝我说有人有天下，钱财去了再来。说着，他拿出厚厚一摞钱给我，说这是他大半年的积蓄，有百元的、五十元的、十元的，还有五元的，一共两千元。他要我先把钱还了，回头他跟纺织厂领导求个情，让我到他那里学维修，也好尽早把欠他的钱给还上。

阿华的到来无异于雪中送炭。我颤抖着接过那些钱。阿华拿出一张他事先写好的欠条让我签字。我在阿华的欠条上郑重地签下自己的名字。阿华真是我的贵人、恩人。为了答谢他，我请阿华在一家小饭馆简单地吃了顿饭。完了，我把阿华送上了一辆三轮出租车。

每一棵小草都会有春天

晚上，我第一次睡了一个安稳觉。

还完同事的欠款，我一边当我的保安，一边等待阿华的好消息。可一周过去，两周过去……都快三个月了，却迟迟没有阿华的消息。我实在忍不住了，带了两瓶廉价白酒按阿华留下的地址去找他。没想到却发现阿华已经死了。原来，阿华从我这里回去之后第二天，在车间干活出事故身亡了。骨灰他妻子阿梅已经一周前带回了老家。阿华的噩耗让我极度悲痛。我捏着口袋里那张留有阿华字迹的欠条，跌跌撞撞回到出租屋，饮下那两瓶劣质白酒，然后放声大哭。我对天发誓，阿华虽然没了，可欠下的钱我一定要早一天还上，来报答阿华的似海深情。我白天当保安，晚上出来摆地摊，忙得像陀螺。那些日子，我拼了命地赚钱，一分钱掰成两半地攒钱。年底的时候，我终于攒够了那欠款。

小年那天下午，飞雪飘飘，我回到村里，路过家门而不入。因为我忘不了父亲恶毒的眼神和诊断肝肠的绝情的话，径直去了阿华家。阿华的遗像端端正正供在桌子上，前面放着三只白瓷碗。黑镜框里的阿华微笑着地看着，嘴微开着，仿佛都要对进来的每个人说话。我一言不发，扑通跪下，重重地磕了三个响头，泪如泉涌。

对我的举动，瘦了一圈的阿梅显得很吃惊。我哽咽着对阿梅说了阿华在我走投无路的时候借给我一笔钱，让我度过了人生的第一道难关的那段经历，并掏出那张欠条和厚厚一摞钱。阿梅听了，一脸愕然，喃喃着，这……这……他哪来的钱借给你？可当看着借条上阿华的字迹，阿梅信了。我家门也没进，踏着厚厚的积雪，当天坐上返城的客车，继续我的发财梦。

四月份第一天，我正在上班，突然接到阿梅打来的电话，告诉我一个不幸的消息：我父母开农用车到山上拉木头翻进沟里双双身

第一辑 草儿青青，梦长长

亡，要我赶紧回来料理后事。那一刻，仿佛晴天霹雳，天塌了一般。想到整日辛劳的母亲，想到父亲曾经给我的爱，我的眼泪再也止不住了，唰唰地流下来。我连夜坐车返回老家。在左邻右舍的帮助下，料理了父母的后事。

两周后，我正要回去。这天一大早，阿梅来到我家，告诉我一个更让我吃惊的消息。她说阿华借给我的那两千五百元钱，根本就不是他的，是我父亲托阿华给我让我还债的。我打死也不信，我父亲怎么知道我的困境？他那么绝情能管我吗？还有那欠条可是阿华亲笔所写？一连串的问号让我蒙了。

阿梅拿出一个缺了边角的小本子。说这是阿华的记事本，重要的事都记在上面。那次处理他的遗物被我带回来了，可一直没心情看，直到昨晚才看到这个。阿梅指着其中一页，说你自己看。我一看，是阿华的笔迹无疑。我一字一字看着——

那天，四爷爷满头大汗找到我，告诉我阿东来这里打工的事。四爷爷说，他放心不下，阿东一个学生娃，除了课本，社会上的事啥也不懂，怕在外面吃亏，这不阿东前脚离开家门，他后脚就紧跟着来了。现在他在附近一个废品收购站打工。前天刚知道阿东被骗欠债的事，就赶回家拿钱来给阿东还债。四爷爷说他本想当面给阿东，可知道阿东的性子倔不肯见他，还有他也想让阿东吃吃苦头摔打摔打历练历练，就托我以我的名义把钱借给阿东，还特意嘱咐务必给阿东打欠条……

看着看着，我的嘴唇哆嗦了，心里翻江倒海一般，眼泪止不住哗哗流下来。这一年多来，我没给父亲写一封信、说一句话、给父亲一分钱，可父亲却无时不在挂念着他不孝的儿子。我不是个东西，我不是个东西！我泪水滂沱地哭喊着，跌跌撞撞跑到父母的坟前，痛哭一场，直到声音嘶哑，昏睡过去。

从那一夜之间,我长大了。

　　我没有回去打工,我找到高三时的班主任,重新走进学校复读。一年后,我以高出录取线60分的成绩被北方一所重点大学录取,圆了父母盼儿成才的大学梦,可我欠父母的债,父母的恩,这辈子再也无法偿还了。如果有来生,就让我做他的父亲,来报答那辈子他对我的恩情和爱。

捡樱桃种的女孩

　　小女孩在电视里羞涩地说出她的一个心愿:她只想对送给她家樱桃枕头的好心人,当面鞠一躬,说一声"谢谢"。

　　"四月八,樱桃掐"。暮春时节,北方某小城大街小巷,随处可见卖樱桃的农妇和小商贩。地摊前,竹篮里,那一颗颗圆润饱满,晶莹剔透,或红或黄的樱桃,不用尝,只看一眼就让人垂涎欲滴。

　　阳光很好,走出家门,信步来到小城"樱桃一条街"。地摊上,一位黑脸膛大嫂的一篮樱桃吸引了我的目光。来,大兄弟,这是自家树上摘的,过来尝尝,可甜了,不买也没啥。我无法拒绝大嫂的热情,走过去,蹲下来,拣起一颗亮晶晶的红樱桃,仔细端详一番,正要往嘴巴里送,冷不丁发现一旁什么时候多了一个小女孩。小女孩十一二岁光景,个子不高,圆圆的脸,胖乎乎的,扎着一根马尾辫,一双大眼睛一直盯着我的手。

　　难道她……我心里想着,笑着对小女孩说:小姑娘,想吃樱桃了吧？来，给你！说着，我把那颗樱桃递给小女孩。她下意识地往后挪了挪身子，也不说话，只是用力摇摇头。

她咋不说话？该不是……？我再次把樱桃递给她，还做了个手势，她把脚又往后挪了挪，还是没接。不过说话了：叔叔，我不要樱桃，我……我……她吞吞吐吐地说，眼睛却始终不离我手里的那颗红艳艳的樱桃。

这小姑娘一定害羞。我笑笑，从大嫂的篮子里轻轻抓起一大把樱桃给她，说：这是叔叔买的，吃吧。我边说边跟大嫂说这把算我的。大嫂笑笑说，说哪呢。说着，大嫂也抓了一把给她。可小女孩还是不接，嘴里咕囔着：我……我要……她鼓起好大勇气才把这个"要"字说出口，可令人费解的是，看着亮晶晶的樱桃不要，却要什么樱桃种子。

这小丫头有意思。我心里说。小姑娘，樱桃不好吃吗？

小女孩摇摇头，咂巴着干裂的嘴唇，使劲咽着唾沫。

那……你咋不要樱桃，要樱桃种干什么？

我……想攒樱桃种子，给我妈妈做枕头。她红着脸说。

叔叔你看，我今天都捡了这么多了。说着，小女孩把一个塑料袋往我跟前一送，放在地上打开，里面全是樱桃种子，不少上面还带着沙粒，显得脏兮兮的。

做樱桃枕？小姑娘，你能再说清楚一点吗？小女孩的话激起了我的兴趣，我觉得，这里面一定有故事。

我……我听电视里说，樱桃种子做的枕头能治疗颈椎病，我同学的妈妈就有这样的一个枕头，效果可好了，只是可贵了。我……也想送给妈妈一个我亲手做的樱桃枕头，这样我妈妈的颈椎就不痛了。小女孩说着，眼睛红了。

我心里突地一沉，赶紧把话打住。我仔细地吃掉了那颗樱桃肉，

7

吐出种子在衣袖上用力擦了又擦，这才放进小女孩的袋子里。"谢谢叔叔"小女孩说着，起身朝那边摊位跑去。那里有几个人正边买樱桃，地上有不少樱桃种子。

一旁有位买樱桃的老人说，你这人心肠真好。这小女孩我认识，是我们向阳小区的，她爸爸两年前车祸死了，妈妈是个清洁工，在城南大街上扫马路，颈椎病好多年了，有时头都抬不起来，小姑娘放学一到家就帮她妈按摩……

我心里酸酸的。抬头朝那边看去，小女孩正蹲在那里，一粒一粒，宝贝似的捡着樱桃种，每捡起一粒就放到嘴巴边用力吹一下。

几天后，还是那条"樱桃一条街"，我又见到小女孩，她还在认真地一粒一粒地捡着樱桃种。

我问她，小姑娘，又在忙啊？她懵懂地看着我，显然她不认得我了。她仰着红扑扑的脸，说：叔叔，您见过我？

见过啊，这几天，天天都见你捡樱桃种。

哦，那咱们也算是老熟人了。叔叔，我告诉您一个好消息，前几天不知哪位好心人，给我家寄来两个樱桃枕头，我妈妈用了可舒服了，只可惜……小女孩兴奋地说着，突然停住了，一脸失落的样子。

可惜什么？我心里一紧。

可惜不知道那个寄快递的好心人的名字和地址，也不知道怎么感谢他。

这个……那位叔叔没写具体名字，一定是不想让你们知道。既然你妈妈已经有了樱桃枕头，你为什么还出来捡种子？

我妈妈说，人家帮我们，我们要记着人家的好，去帮助别人。我们小区好几个爷爷奶奶都有颈椎病，妈妈把一个樱桃枕头给了痛得最厉害的那个爷爷……老爷爷可高兴了。我要攒更多的樱桃种子给那些爷爷奶奶做枕头，这样他们就不怕颈椎痛了……

第一辑　草儿青青，梦长长

好一个小丫头！我心里一热。

你这个大工程一定会实现的。我摸摸小女孩的脑袋说。

第二天，小城日报刊登了一篇《攒樱桃种子的小女孩》的文章，讲述了在"樱桃一条街"上，捡樱桃种的小女孩的故事。一时间，大街小巷，都在传颂着小女孩的故事，有人还给她起了好听的名字"樱桃女孩"。

几天后，市电视台"生活大观园"栏目，播出了当地一家著名樱桃加工企业，无偿为全城重症颈椎病患者，每人捐赠一只樱桃枕头的消息。还有电视台对小女孩的现场采访。

小女孩在电视里羞涩地说出她的一个心愿：她只想对送给她家樱桃枕头的好心人，当面鞠一躬，说一声"谢谢"。

看着小女孩开心的笑容，我也笑了。我觉得，今年的樱桃最甜最香，最好看。

最美的风景

他泪眼婆娑地再次望向窗外，他觉得，眼前的景物是他长这么大看到的最美的风景，一辈子都无法替代的风景。

一场突如其来的车祸让他陷入痛苦的深渊。

他是高三所有老师、同学眼中的尖子生，考北大、清华的种子选手。

而伤残的腿，失明的眼睛，彻底打破了他上名牌大学的梦想。

青春、理想、前途、明天……一夜之间，就这样被一股推不开、

每一棵小草都会有春天

吹不散的浓重的黑烟给遮蔽了，憋得他喘不过气。

完了，全完了。他觉得一切都暗无天日。他痛苦，他压抑，他焦躁，他暴怒，他咆哮，他捶桌子擂床。

医生只好将他从几个人的病房转到另一个病房，一个人的病房。他尽情发泄。他累了，乏了，终于安静下来，却又嫌太静，静的可怕。他又开始新一轮的焦躁、暴怒和咆哮……折腾过去，他也很后悔，很羞愧，可总难以自控。

陪护他的爸爸妈妈怎么劝都无济于事，只有默默垂泪。

她，就在这个时候走进他的病房。

她的一声甜甜柔柔的"小哥哥，你好"让他一愣，他竖起耳朵，一脸惊喜地说，是你吗？小燕？自从住院以来，已经很久没听见小燕的声音。

他和小燕是同桌。俩人彼此都有好感，比着赛学习。他们相约将来在同一所城市上大学。

他又惊喜又激动，伸出两手，摸索着，要下床。

小燕？我是小燕，赵晓燕，小哥哥，你怎么知道我的名字的？那声甜甜的声音再一次在他耳边响起。

你——赵晓燕？你不是小燕，哦，对不起，误会了。他脸上顿时暗淡无光。

咯咯咯，她笑了，说，我是你的隔壁房间的赵晓燕。我上高一，我听说你上高三，那你是我的师兄，我是小师妹。师兄，以后我可以来你的房间跟你聊天吗？

她很柔，说得很恳切。他有些羞怯，点点头，说，让你见笑了。

从那天起，她每天上午、下午都会到他的房间，跟他聊学习上的事，聊同学之间的事，聊校园里那些青春的故事。她还跟他讲他的病房的窗外那些他看不见的风景：一棵歪脖子柳树、一丛菊花、

第一辑 草儿青青，梦长长

几只翩翩飞舞的蝴蝶，墙角处的一棵小草，还有一只一闪而过的猫……只要她看见的都讲给他听。她讲的很细，很生动，还时不时用个比喻。他很奇怪，她讲的都是最常见的风景，可自己平时咋会没注意到呢？比如，她说的那只小猫，一只小花猫，看人时的眼神，那么机警，那么温柔，充满母性，让他想母亲平时看自己的眼神。还有，蝴蝶，他也曾学生物课时捉过蝴蝶，可没觉得有多美，这次却不同，一经她一描述，他觉得居然是那么美，美不胜收。他都后悔平时咋没好好看看这些小生灵，他甚至为把那只蝴蝶变成标本而神伤、后悔。

如果时光倒流，我一定会好好看看这些司空见惯的风景，好好欣赏一只翩翩飞舞的蝴蝶，或者一朵开着的花，哪怕是一朵最普通的花……可这一切都成了往昔。

他是那么渴望重见光明。医生告诉他的，只要能做角膜移植，就还有重见日月的一天。可随着一天一天过去，他一天天由希望到失望，甚至绝望。

远离教室，远离学校，远离朝夕相处的同学，他心里一片空虚。孤独、寂寞、绝望牢牢占据着他的一颗心。

赵晓燕的到来，在他漆黑的天空划过一道亮光。他喜欢听她说话，尤其喜欢听她讲那些窗外的风景。他甚至梦想，有一天自己的眼睛好了，和她一起，好好欣赏那些风景。

他有些离不开她——这个活泼、心细的小师妹。这个坚信他一定会有重见光明那一天的小师妹。

可是，她有几天没过来和他聊天，没跟他说这说那，说窗外的那只猫，还有那棵老柳树……

他不知道她到底得了什么病。

他忐忑不安。

他胡思乱想着。他觉得心灵的天空从没有过的灰暗。

医生却给他带来一个好消息,他可以做角膜移植了。他很高兴,催促医生快点给他做手术。

几天后,他如愿以偿,眼睛复明。他激动,他狂喜。他急切地跑到隔壁房间,他要找到小燕,亲眼看一看小燕长得啥样子,第一时间把这个好消息告诉她。然而,他看到的,却是一位正在吸氧的老人。

从陪护老人的家属嘴里,他知道了小燕的事。

那个活泼开朗、给他讲这讲那,讲窗外风景的小燕,居然是一个因脑瘤晚期双目失明的女高中生,和他一样的学习优秀,一样有着考名牌大学的梦想。就在前几天,小燕走了。临走前留下遗言,把眼角膜捐给他认识不太久的师兄,让他圆他和自己的大学梦。

他失魂落魄地最后一次走进自己的病房。

他下意识地朝窗外望去,眼前的景象让他大吃一惊——窗外,哪里有什么柳树、菊花、小草、老猫……只有一睹高高的墙和高墙下凌乱不堪的杂物。

原来,她讲的那些窗外的风景,都是她凭空想象出来的。刹那间,他懂得了她的良苦用心。

他泪眼婆娑地再次望向窗外,他觉得,眼前的景物是他长这么大看到的最美的风景,一辈子都无法替代的风景。

第一辑　草儿青青，梦长长

最美的声音

出乎所有同学的预料，牛晓丽名列榜首，获得特别奖，照片和那句话一并刊登在学校巨幅宣传栏里。照片上的牛晓丽依然羞涩着侧着身子，脸上洋溢着甜美的笑容，犹如春风拂过。

吃过午饭，实验小学五年级(6)班的赵雅芝老师就早早去了教室。她想利用中午时间再搞一次活动，以彻底解开困扰她几天的那个结。

那个结，与一个"声音"有关。

这不，新学期，学校开展寻找身边"十大最美声音"主题教育活动，要求各班级推荐一名候选人。"最美声音"标准的不定。内容也不单指传统意义上的唱歌、器乐啥的，还可以包括其他声音，比如相声、口技以及其他各种各样的声音，只要你觉得、大家都认为"最美"即可。

这个活动，要是坐在其他班主任身上也没什么可纠结的。但，赵老师不同。赵老师刚大学毕业没几年，年轻有热情，人又要强，做事情喜欢追求卓越，学校开展的各种活动她的班回回都得先进。对于这次展示班级风采的机会，她自然也不想放过。她想好了，这十大最美声音中一定会有一个发自她带的这个大名鼎鼎的(6)班。

所以一接到通知，赵老师就马不停蹄在班里展开筛选工作。她的班一向都很活跃，学生特别爱凑热闹，叽叽喳喳赛过树林里的小麻雀。这次更是热油过了凉水，吱吱啦啦沸腾了。同学们各展才艺，唱的、吹的、拉的、说相声的、表演口技的、演讲的……五花八门。真可谓八仙过海，各显神通。赵老师对同学们的热情和才艺非常满

13

每一棵小草都会有春天

意，也初步有了"最美声音"的候选人，可她总觉得隐约缺少点什么，具体什么她也说不清。这也是她决定今天再筛选一次的缘故。

赵老师一边急匆匆走，一边时不时捶一下腰，脑子里还在思考着，怎样才能把那个真正的打动人心的最美声音给挖出来，哪怕是藏在天涯海角也一定要找到！她隐约听到那个最美的声音就在某个地方召唤她，在教室？在路上？还是在哪里？她一时说不清。有时明明听见了，而且清清楚楚，可当循声寻找时，却杳无踪迹，仿佛天外之音，又仿佛和她捉迷藏。这让她有时怀疑是不是自己耳朵出了问题。

走进教室，同学们早已做好了准备，尤其那些自认为自己表现优秀的同学更是一个个跃跃欲试，志在必得，仿佛那宝贵的一个候选人名额非自己莫属。

赵老师目光左一圈右一圈逡巡了教室两周，然后手一压，果断发出指令：请同学们展示最亮的你，为班级争光，最美的声音——开始！

同学再次沸腾了，大家一个个争相登台献艺，气氛紧张而热烈。

赵老师侧着身子，站在讲台一边，用心看着，听着，判断着，时不时揉一揉酸胀的腰。几天前，她和同学们一起打扫卫生，在搬动一块石头时，不小心把腰给闪了，到现在还隐约作痛。

活动紧张有序地进行。

时间一分一秒地过去。赵老师的腰疼似乎也越来越厉害，额头上渗出细密的汗珠，在正午透过玻璃窗射下的阳光的照耀下，闪着晶莹的光亮，似反光的一粒粒珍珠。

台上台下热情高涨。

场面越发热烈。

突然，赵老师身边响起一个弱弱的声音：老师，您腰不好，站着太累了，坐下休息一会儿吧……

14

第一辑　草儿青青，梦长长

赵老师扭头一看，只见右边三排的牛晓丽拿着自己的凳子，站在一边，红着脸，局促地看着自己。

晓丽，你这是……赵老师仿佛没听清，疑惑地看着她。

您腰不好，站着太累了，这是我的凳子，您坐下休息一会儿。牛晓丽说着，把凳子放到赵老师一边，噔噔噔，回到自己的座位上，和同桌合坐一个凳子，侧着身子，低着头，脸红红的，两手来回拧着细长的发辫。

看着这个平时不太言语，走路总是低着头，学习成绩居后，她平时并不怎么太关注的女生，看着眼前这张稚嫩稍显紧张羞怯的圆脸，赵老师心里蓦地一动，一股暖流涌上心头。那股暖流先是细细的，轻轻的，发出细碎的流动声，继而如洪水冲击堤岸，发出轰鸣般声响。

她觉得，这是她今天，此时此刻，不，是从教以来听到的最动听的声音。这个声音温暖着她，打动着她。那一刻，她清晰地觉得，这就是她苦苦找寻的那个"最美的声音"。

她把自己的感受讲给全班同学听，教室里片刻宁静之后，顿时响起噼里啪啦掌声。同学们一致认为，这是当之无愧的真正的最美的声音。

看着一张张稚气的脸，清纯的眼睛，赵老师眼睛湿润了……连日的腰痛早已一扫而光，只觉得热热的，通体是那么舒坦。

走出教室那一刻，赵老师心里甜丝丝的，脚步很轻松很轻松。

在同学们的一致建议下，五（6）班把这一声问候，作为"最美的声音"上报到学校。在随后公布的实小年度"十大最美声音"中，出乎所有同学的预料，牛晓丽名列榜首，获得特别奖，照片和那句话一并刊登在学校巨幅宣传栏里。照片上的牛晓丽依然羞涩着侧着身子，脸上洋溢着甜美的笑容，犹如春风拂过。

15

收破烂唻

他抖抖地接过那包钱，手里捧的仿佛不是钱，而是一座山，一座他一辈子都扛不起的山。

他从骨子里瞧不起父亲。

父亲不仅长得矮小，形象猥琐，还折了一条腿，走路一颠一跛像鸭子。这不算什么，最让人难以忍受的是不管碰到谁，从来都是他先跟人家打招呼，仿佛谁都比他高一辈，没一点男人的血性。

父亲推一辆独轮车，每天天一亮就走村串巷吆吆喝喝：收破烂唻——收破烂唻——那公鸭嗓子的叫声，要多刺耳有多刺耳，要多难听有多难听。

他脑子里没有任何母亲的印象。只听说母亲在他很小时跟一个外地人跑了。从小学到初中、高中，他都在自卑中渡过。他又是个极要强的人，凡事都想超过别人。他聪明好学，每次考试都是班级第一。这是他唯一在同学面前值得骄傲的地方。

高中毕业他考上一所名牌大学，父亲脚不着地张罗这张罗那，把积攒了多年的钱一股脑掏出来塞给他，满心欢喜地想去送他却被他一口拒绝了。他不想一进大学门就让那些来自天南地北的同学知道他有那么一个猥琐不堪的父亲和残缺不全的家。

在大学，他学业优秀，每学期都能拿到一等奖学金。靠着丰厚的奖学金，他无须再往家里伸手要钱。一年到头，他极少回家。每年暑假，他都以做实验为由整假期待在学校。

第一辑 草儿青青,梦长长

大学毕业前夕,他突然接到六叔打来的电话,说他父亲病重,要他赶紧回家一趟。六叔是他的堂叔,也是村里父亲唯一能说上话的老邻居。一到家他才知道,父亲出车祸去世了。六叔告诉他,父亲捡破烂时太过专心,汽车来了连刺耳的喇叭声都没听见,结果就被撞了。

父亲的死,他并没感到多大悲伤,反而有一种莫名的轻松感。

他明天要返回学校。六叔晚上要他过去喝一杯。他不知怎的喝高了,说了很多很多,比跟父亲说了一辈子的话都多。六叔始终默默听着,一言不发。说到从小到大他都很瞧不起自己的父亲时,六叔咽下一大口酒,重重叹了口气,说:"你不该看不起他,不该啊。"

"为什么?"他不服气地反问道。

"你还是先听我说个故事吧。"六叔说着,咕咚,咽下一大口酒,说开了——

"那年秋天的一个早晨,天下着小雨,有个男人一大早去镇废品收购站卖废品,半道上听到有孩子的哭声,男人跑过去一看是一个两三岁大小的男婴,男婴的一只脚严重变形,不用说这是一个因残疾被丢下的弃婴。男人当时已结婚,老婆一直没生孩子。男人觉得这是上苍赐给他的一个孩子。男孩子当时身上都淋湿了,浑身青紫,男人顾不得卖废品,抱着男婴跑到医院看病,医生说要治好必须做手术,而手术费用至少需要一万元。那个时候一万元可不是个小数字。医生还说,最好趁着岁数小,手术越早做越好。男人手里没那笔钱,只好抱着男婴回了家。"

"男人带着男婴拼命捡破烂,就想早一天攒够钱给男婴做手术。可一年一年过去,看着男孩一天天长大,凑够做手术的钱却差一大截,男人急得吃不下饭睡不着觉。那时外边有个建筑工地

每一棵小草都会有春天

从村里要人，男人知道了缠着领工的死活要跟着去打小工。领工的实在拗不过就把男孩托付给邻居照看着。男人跟着领工的去了工地，包工头看男人那么瘦小，怕干不了搅拌水泥一类的重活不肯收，领工的好说歹说包工头才答应下来。可谁也想不到刚干了不到三天，男人就出了事故，从脚手架上摔下来，一条腿摔折了，人家赔了一万元。男人用那笔钱给男孩做了手术，他自己却因为没钱治疗把腿伤给耽误了，从此留下残疾。老婆不愿跟他受苦受累，跟一个游方郎中跑了。男人带着男孩又当爹又当娘，一把屎一把尿，靠捡废品把男孩拉扯大，供他上了大学，可男孩却嫌弃他这个养父……"

"六叔，您别说了……"他嘴唇哆嗦着，哽咽着，长满风刺的脸颊上两行热泪如两匹脱缰的烈马奔涌而下。

"不，我要说，再不说明白恐怕下面这个秘密就要被带进棺材里了。"六叔说到这里，停顿下来，眼睛红红的，咕咚，吞下一口酒说，"你父亲的那次事故不是个意外，是他故意那么做的。"

"故意做的？！"他噙着泪水，疑惑地看着六叔。

"因为他听人说，在工地干活出了事故人家是要赔偿的。他为了早一天筹足给你治病的钱，才出此下策，豁上自己的性命做赌注。当时我就在你父亲一旁干活，出事后我一直纳闷好好的咋会掉下去？是你父亲临死前告诉我的。这些年，他一直为这事心里愧得慌，觉得对不起人家包工头……"六叔说着，从身上拿出一个蓝布包，打开，里面是一堆大大小小的钞票，有十元五元的，也有一块两块的……有的皱皱巴巴。

"这是你父亲留下的一万元钱，他要我代他把这些钱还给包工头，也好了了他的一桩心事……"

他抖抖地接过那包钱，手里捧的仿佛不是钱，而是一座山，一座他一辈子都扛不起的山。

倏地，他隐约而清晰地听到父亲熟悉而陌生的吆喝声：收破烂唉——收破烂唉——那声音是那么浑厚那么动听，一遍遍萦绕在他的耳畔，始终不肯散去。

挖丹参的少年

丹参岭上，哗啦哗啦的刨头声响再次欢快地响起来，那声响比以前更大更有力，宛如在山涧流淌的小溪，欢快地跳着，跃着，淙淙淙，一直流向远方。

丹参——鲜的，2元一斤，干的8元一斤！

收丹参唉——丹参——

刚一入秋，收丹参的吆喝声在村里的大街小巷如期而至。那拉着长长的尾音、韵味独特的吆喝声和诱人的价格，把留守在村里的少年们的心给搅动了。

我早已按捺不住。星期天一到，我抓起刨头，吆喝上迟文凯、刘大伟几个要好的同伴，兴冲冲向村西进发。那里有一道山岭，密密麻麻长满了野丹参，是每年我们挖丹参的必去之地。

没有风，天气平添了几分闷热。我们一个个撅着屁股用力刨着，任凭汗水从脸上呱嗒呱嗒往下淌，谁也顾不得擦一把，只想着多挖几棵丹参，也好多卖几块钱，换来馋涎已久的零嘴之类的好东西。

正挖着，迟文凯突然咋咋呼呼说：快看，快看，他也来了！

谁来了，大惊小怪的！抬头一看，只见那边羊肠小道小道上，走

每一棵小草都会有春天

来一个矮壮的熟悉的身影,肩上扛着一把大撅头,手里抓着一只尼龙袋。马大壮?他来凑什么热闹?

马大壮的爸爸是镇建筑公司老板,家里最不差的就是钱。在我们初一(8)班,他家是条件最好的。说不清什么原因,我们几个小伙伴没来由地排斥他,不和他一起玩耍,就连上学放学都走不到一块,每次他都一个人来来回回,像一只落单的大雁。

只见他涨红着脸,气喘吁吁地朝我们走来。我们几个不约而同地停下手里的活,连讽带刺地说:哼,你来干什么?你家不稀罕这俩小钱啊?

你……你们不要这么说好不好?这药材你们能挖的,就不兴我马大壮挖?没道理啊!他有些激动地说。

他的回答令我们很不爽。都十三四岁,正是谁也不服谁的年龄。只听刘大伟说:就兴我们挖,你不能挖,咋的了?!说着,故意把撅头在一块石头上顿了顿,发出哗啦哗啦的声响。

马大壮没有退却的意思,仰着头说:我知道你们嫉妒我家有钱,可那是我的错吗?有钱没钱是大人的事,与我何干?还有,你们知道我为什么来挖丹参?

为什么?还不是图卖俩钱自个儿花花?迟文凯靠前一步说,红彤彤的腮帮子上满是泥水,脸上横一道竖一道,早已成了大花猫。

马大壮看了,哧哧笑了。

你敢取笑我?快说,挖了干什么,不然,我可不客气!迟文凯牛哄哄地说着,学着刘大伟的样子,把撅头在石头上顿了顿,眼睛瞪得像要发疯的小野牛。

别以为我怕你们,说就说,我卖了钱是给……马大壮说着,突然吞吞吐吐起来。

给谁?该不是给我们吧?我们哈哈哈笑着说。

第一辑 草儿青青，梦长长

给你们几个？做梦娶媳妇去吧！我是……给赵——晓——苗。马大壮一字一顿地说。

给谁？赵晓苗？你给她？你该不会……说到这里，我照着《天仙配》里牛郎织女的大媒人老牛那样，故意竖起两根大拇指，指头对指头弯了两弯。

别那么狭隘好不好好不好！我听人说，赵晓苗父亲打工受了伤，家里连买药的钱都没有，更没法供她上学了，听说她就要辍学了。她以前帮过我的学习，现在她有难题了，我咋能坐视不管？那还算是同班同学？马大壮挺了挺胸膛，一张脸红红的，很激动。

你说的是真的？我们一个个盯着马大壮的脸。

骗你们……骗你们是小狗！马大壮焦急地辩解说，神情仿佛受到极大侮辱。

你家那么有钱，你要帮她，你完全可以伸手问你父母要啊……

我才不呢，我要凭我的劳动来帮她，这样才光荣。再说，那样得来的钱，赵晓苗一定不会要，她那么倔……

我们都沉默了。

我们都知道，刚上初一的时候赵晓苗的妈妈就病故了，爸爸常年在外地打工，她和奶奶一起生活。她是班里的学习委员，数学特好。有几次她还主动辅导过我的数学。受人滴水之恩当涌泉相报，我拿定主意，可又担心迟文凯他们会怎样想。

我灵机一动，伸手把迟文凯、刘大伟叫到一起，说，赵晓苗现在遇到难处，他马大壮能伸出援助之手，我们作为班里响当当的四大男子汉之三，该怎么办？

怎么办？帮她呗。那天我值日迟到了,是赵晓苗替我打扫的卫生。刘大伟说着，看了迟文凯一眼。

21

看我干什么？一个字：帮！迟文凯说。远的不说，就说上次我的裤子膝盖破了那事，是她赵晓苗拿出自带的针线帮我缝好的。

真没想到，我一提议，他们都立马响应……我心里隐隐有几分得意。同时，一种神圣感油然而生。

马大壮看我们嘀嘀咕咕的，不知道葫芦里卖的什么药，一脸茫然。

马大壮，我们商定了，卖了钱都给赵晓苗，毛主席说了，我们万众一心，排除万难，去争取胜利，坚决不能让她失学！刘大伟一步跨到马大壮身边，把瘦小的胸脯拍得山响。

太好了，咱们一起想办法帮她。马大壮兴奋地说。

别光顾着说了，都什么时候了，快挖吧，咱们多挖一斤，她赵晓苗距离辍学就远一步。我招呼说。

呼啦，刘大伟他们转眼散开，弯腰挖起来。马大壮扛起撅头，要到另一边，那里丹参稀少。我一把拉住他：别走了，都在这里挖，这儿最多。

好咧。马大壮看着我，咧着嘴吧笑了。

丹参岭上，哗啦哗啦的撅头声响再次欢快地响起来，那声响比以前更大更有力，宛如在山涧流淌的小溪，欢快地跳着，跃着，淙淙淙，一直流向远方。

马大壮一边低头挖，一边带头唱起了歌：我们的家乡在希望的田野上……紫色的丹参花开遍了山岭，愉快的歌声温暖我心窝……

大家齐声应和着，欢快的歌声飘满丹参岭，飘向岭下的山村，飘向更远更远的山野……

第一辑　草儿青青，梦长长

放风筝

当一个人，身处在顺境或逆境的时候，是满足现状、落地成一张废纸，还是昂扬奋进成一只雄鹰？最终结果都是由这个人自己决定的……

儿子刚进家门，就看到父亲正在家里忙活。儿子有些纳闷，父亲天天在工地上忙着打工，很少能见他在家的身影，今天哪来的闲工夫，是工地没活干，放假了？还是……儿子琢磨不透。

儿子很高兴。今天是星期天，天气很好，有微风轻轻吹着，儿子早跟村里几个要好的同学约好了，要和他们一起到村头放风筝。

爸，给我几块钱，我要买个风筝，跟同学一起放风筝。儿子说。

放风筝？好啊，正好我给你买了一个，我也和你一起去放风筝。父亲说着，变戏法般地拿出一大风筝。儿子惊喜地抢过去，迫不及待地展开，是一只蝴蝶风筝。

这风筝太漂亮了，那颜色上的，那蝴蝶的眼睛画的，那骨架扎的……儿子拿着风筝，翻过来覆过去地看着，眉飞色舞地说着。

爸，你买的？该不是太阳打西边出来了？儿子说着，眼睛朝西边看了又看。不对呀，太阳还是东升西落，方向没变……儿子故意咋咋呼呼说。

儿子的记忆中，这是父亲第一次给自己买风筝，要陪自己放风筝。之前，父母从没舍得给自己买过风筝，他也没放过风筝。

对于儿子夸张甚至戏谑的动作和话语，父亲嘿嘿一笑，没说什么，

23

每一棵小草都会有春天

伸出一双粗糙的大手，在儿子的脑袋上轻轻摸了摸，说，小子，走吧，放风筝去！

儿子在前跑，父亲在后边跟。父子俩一前一后，来到村北小广场。那里，早有一些放了学的孩子们在放风筝。儿子很快加入到放风筝的行列。刚过一会儿，儿子又跑回来，把风筝还给父亲，说，风筝不好，放不起来。

父亲很纳闷，要儿子再放一次，演示给他看一下，看问题到底出在哪里。儿子噘着嘴巴照做了，可还是放不起来。父亲仔细一看，蓦地明白了，儿子是顺着风放的，风筝一松手，就一头栽倒地。

父亲说，你再换个方向试试。儿子将信将疑地转过身，又放了一次。这次，风筝迎着风，飘飘摇摇地飞起来，而且越飞越顺，越飞越高，很快就压倒了小伙伴的风筝，成为十几只风筝中飞得最高最好看的一只。儿子开心极了，兴奋地跑着，嗷嗷叫着。

父亲站在这边静静地看着。看着看着，眼前恍惚起来，仿佛又回到了多年前，自己上初中时的情形。父亲那时是班里的学习尖子，每次考试都名列前茅，他成了所有老师的宠儿。老师的宠爱，让他飘飘然起来，成绩一落千丈，怎么也赶不上来，加上家里变故，从此一蹶不振，老师们失望极了，看他的眼神都变了。他初中毕业没考上高中，就跟着村里人外出打工，成了一名打工仔⋯⋯回想起这些，到现心里还隐隐作痛。因此，他把一切希望都寄托在儿子身上。儿子天资聪慧，学东西很快，成绩一直名列班级前茅，这让他感到十分欣慰，这也让他更加一门心思在外打工赚钱。他觉得，只要赚更多钱，儿子的未来就会更有保障⋯⋯可眼下正上初一的儿子却⋯⋯唉！父亲重重叹一口气。

儿子放风筝累了，一屁股坐在他身边。看着儿子一张热气腾腾红红的充满朝气的脸，父亲的心里柔柔的，暖暖的。父亲问儿子：

第一辑 草儿青青，梦长长

儿子，你知道第一次风筝放不起来的原因吗？

不知道啊。

那你知道第二次风筝为什么又能飞起来？

也不知道，我正想问您呢。

儿子，你注意了没有？第一次放你是顺着风，而你第二次放，是顶着风……

顺着风飞不起来，逆着风却就飞起来了，太违背常理了，真不可思议……儿子一边自语着，一边举着风筝反复演示着。

是啊，看起来是有些不可思议，可你仔细一想就会明白过来，这顺着风的时候放，风筝没有任何阻挡，重心就会前倾，就会不思进取，结果一头栽下来；顶风放，风筝害怕跌跟头，就拼命仰头、攀升，这样就越飞越高，越飞越高……父亲说着，站起来，两只大手在半空中比画着，那两只手成了一只展翅欲飞的风筝。

当一个人，身处在顺境或逆境的时候，是满足现状、落地成一张废纸，还是昂扬奋进成一只雄鹰？最终结果都是由这个人自己决定的……父亲自语着，默默地注视着渐渐长高的儿子。

儿子隐约从父亲的话里、眼睛里读懂了什么，拿着风筝，低着头，半天一句话也没说。

逍遥，来呀，咱们接着比，这次看谁的风筝飞得更高……那边传来小伙伴的催促声。

比就比，等着瞧吧！儿子说着，拽着风筝，迎着风，奋力朝前跑去。那只大蝴蝶在儿子的头顶上一飘一飘，儿子、风筝、田野、村舍……构成一幅动人的初春乡村图。

看着儿子奔跑的背影，父亲会心地笑了，眼角的皱纹渐渐舒展开来。他清楚，那些事前想好的话都是多余的了。

父亲没有告诉儿子，就在昨天，在工地上推水泥的他，突然接

每一棵小草都会有春天

到儿子班主任的电话,说你儿子这几个星期有些摸不着北,只顾贪玩,老师的话都听不进去……他如百不挠心,放下电话,向包工头请了假,急匆匆赶回家。路上看到有孩子放风筝,想起很久就欠儿子一个风筝,牙一咬,就买了一个。一路上,他还精心准备了一抬筐两篓子的话,想和儿子一起放风筝的时候跟儿子好好谈谈。

爱你,让我抱抱你

紧闭双眼的赵老师缓缓睁开眼,笑容在她那张饱受疾病折磨的瘦削的脸庞上绽放成硕大一朵美丽的花,那花愈开愈艳,再也没有凋零、消失……

吃过早饭,四(1)班班主任赵雅静老师早早去了学校。今天是一年一度的秋季运动会,她要早点赶到学校给班里参加比赛的运动员打打气。

正走着,迎面碰到四(8)班班主任刘礼梅老师。刘老师和她对桌办公,比她早一年参加工作,两人相处不错,经常相互开个玩笑戏耍对方一把。

"赵老师,今年的运动会团体冠军我们班是志在必得,你们班就早早缴械投降别争了。"刘老师半开玩笑半认真地说。

"凭什么?是英雄狗熊咱走着瞧!"赵老师也不示弱。说实话,这次运动会夺冠呼声最高的就数她俩带的这两个班,而四(1)班是运动会"两连冠"得主。

如果桂冠落入旁人之手,那自己以后怎么带这个班?冠军一定要拿下！赵老师心里暗下决心。

比赛开始了，运动场上沸腾了，整个体育场成了掌声、笑声的海洋，成了张扬少年意气、激情的大舞台。

四（1）班参赛的第一个项目是1500米跑。就在广播里刚传来"请参加1500米预赛的同学到点录处点名"播报时，体育委员兼班级运动会副总指挥的马小跳气喘吁吁跑过来，急促地说："老师，牛小力的1500米跑不了了，肚子痛！怎么办，找谁上？"

"什么？关键时刻掉链子。胡总利，你把牛小力送到卫生室去，快！"赵老师果断吩咐，可在让谁接替牛小力的这1500米比赛问题上赵老师一时犯了难。

"谁替牛小力跑？"赵老师一连问了三遍，同学们你看我我看你，没人应声，因为每个同学都知道，比赛输赢事关班级荣誉，如果事前没训练跑砸了，遭同学埋怨不说，那个责任担不起。

"完了，完了，一旦这个项目弃权，冠军想都别想了。"赵老师懊恼地说，她心里又焦急又失望。

"老师，我……我想试试！"突然，坐在看台上的张二虎低声说，虽然声音不大，赵老师却还是清楚地听见了。

赵老师一阵惊喜，可随之又很失望。这个张二虎和名字名不副实，个头不高，长得瘦瘦的，平时不大言语，课下总是一个人独来独往，一副心事重重的样子，显得很孤独。赵老师一直想找他深入谈一次，可自己才接这个班不到两个月，无暇顾及过来。

"就他这样能挑得起这个大梁吗？"赵老师心里很是疑惑。

"老师，让我试试吧！"张二虎说着，抬起头，眼睛一眨不眨，热切地看着赵老师。

"老师，就让他试试吧。"几个同学齐声说。

"好吧，救场如救火，就你了，老师相信你！"赵老师抱着死马当活马医的心态答应了。

　　1500米比赛开始了，谁也没想到，表面看瘦小的张二虎跑起来虎虎生风，一骑绝尘，轻松夺得第一名。

　　看着张二虎冲线的那一刻，赵老师心里充满了惊喜和自豪，她对这个其貌不扬不显山不露水的张二虎刮目相看了。

　　张二虎涨红着小脸，兴奋地朝班里跑过来。赵老师早早站起来，激动地迎上去，张开双臂，一把将张二虎紧紧抱住，抱着他兴奋地原地转了两个圈。张二虎的脸更红了，红得像初升的火红的太阳，脸上满满的激动和幸福，张二虎一整天乐得合不拢嘴。

　　比赛开门红的喜悦和兴奋激励着班里所有运动员，他们一个个奋勇争先，再次夺得团体冠军，实现了他们四（1）班三连冠的梦想。

　　晚上，赵老师兴奋得久久没有入睡，领奖台上的欢呼声和校长赞许的目光都让赵老师感到激动，最令她感动的还是张二虎的举动，是关键时刻他的自告奋勇一马当先才保住了冠军的殊荣。她想好了，明天星期天就去他家家访，好好夸夸这个勇敢的小男孩。

　　十点多了，赵老师正想入睡，突然手机响了，谁会这么晚了打电话？莫不是那个他？摁上接听键，那边传来一个老人激动的声音："赵老师，您好，我是张二虎的奶奶，谢谢您，孩子今天回家，一直高高兴兴地跟我说，老师今天抱他转了两圈，刚才睡觉前还偷偷和我说，老师的怀抱真温暖，这就是妈妈怀抱的感觉吧？"赵老师心里很高兴，没想到自己的一时兴奋的一个拥抱给孩子带来如此美好的感觉。可接下来老人的话又让赵老师心里很沉重，老人说"老师，不瞒您说，我们这孩子不到一岁他爸妈就离了，他妈妈改嫁到外地去了，他爸又重组了家庭，他从小和我一起长大，这孩子做梦都梦见他妈妈……"

　　放下电话，赵老师彻底失眠了。她把班里的每一个学生都仔细回想了一遍，一个想法诞生了——她要给班里每一个学生，尤其那些家庭特殊、个性特殊的学生一个暖暖的拥抱。这就叫 ADYB 计划——爱的拥抱。

接下来的那些日子里，赵老师的计划启动了。那句"孩子，老师想送给你一份特殊的礼物——让我抱抱你好吗？"的温柔的话语，连同她那一个个紧紧温暖的拥抱，时常出现在教室里、校园的花坛里、操场上……有时是在学生学习进步了，有时是学生知错就改了，有时是学生主动问老师一声好……而每一个被她拥抱过的孩子明亮的眸子里都写满了兴奋和开心，不少孩子的眼睛里波光粼粼。

四十年后的一天，身患重病生命垂危的赵老师躺在病床上，她教过的那些学生们看她来了，他们一个个像老师当年拥抱自己那样，紧紧地深情地拥抱着赵老师。紧闭双眼的赵老师缓缓睁开眼，笑容在她那张饱受疾病折磨的瘦削的脸庞上绽放成硕大一朵美丽的花，那花愈开愈艳，再也没有凋零、消失……

草儿青青，梦长长

埋葬刘草儿的那个晚上，赵老师办公室的灯和村子里各家各户的灯一样，一直亮到很晚很晚。

1

"草儿，这学你就别上了，我都说了多少回了，你咋这么不听话？唉，都怪我，半死不活的，我容易吗我……"

一进门，书包还没放下，就听爹在屋里又絮叨上了，草儿的心像坠了一块铅砣子，一下子沉了下去。

"爹啊爹，您就让我上完这个学期，到放暑假我就退学不行吗？"草儿心里对爹娘说着，鼻子一酸，眼泪快要流下来。

草儿爹一心想要个儿子，在生下草儿和二妹之后，东躲西藏，一口气又生下两个丫头，可爹还不死心，没承想，在工地打工时走神把腿摔折了，再也干不动重活，草儿娘又是个病秧子，这才不得已带着一群妻儿老小回到老家种地、放羊，日子过得很艰难。

草儿都十四岁了，在村小上小学五年级。按说该上初中一年级了，可草儿要照顾那几个妹妹，直到十岁才上小学一年级。草儿学习很用功，门门功课都很好，班主任赵老师说草儿是上学的好苗子，将来准能考上大学。草儿曾偷偷跟班里的小伙伴们说，她最大的梦想是将来能考上大学，走出大山，到城里找个好工作，赚很多很多钱给爹娘花，供妹妹们上学。

可草儿爹却觉得女娃子，迟早要嫁人，书念多念少没什么，再说家里也供不起啊。特别是村里那几个初中没毕业就外出打工的女娃子不断把钱寄回家，父母拿着汇款单逢人就显摆的情景，深深刺痛了草儿的爹。草儿爹三番五次动员草儿退学，可草儿就是不答应。

2

其实，草儿不答应，不是她年纪小不懂事，不体谅爹娘，是因为草儿还有个小小的心愿未了。

草儿的学校地处深山，条件异常艰苦，根本留不住老师，多年来靠支教的大学生维持办学。教草儿的赵老师已经在这里工作了两年了，赵老师多才多艺，草儿她们很喜欢赵老师，天天怕的就是赵老师会哪一天突然离开不教她们了。

前段时间，赵老师家访时不慎摔折了一条腿，走路靠拄着木棍，一瘸一拐地。她不止一次看到赵老师望着大山发出重重的叹息。她还听人说，赵老师同学的爸爸在南方开办了一家私立学校，多次邀请他去教学，工资是这里的好几倍，赵老师一直没答应。想起这些，草儿害怕极了，怕老师真的不管他们，拍拍屁股走人。

草儿比班里其他学生岁数大。草儿想，自己虽然下学期不能上学了，大学梦成为泡影，可其他同学将来还要考大学，不能没有老师。

赵老师对她们那么好，一定要想办法留住赵老师！这是草儿最大的心愿。她把这个想法告诉了班里几个要好的女同学，几个山里女娃召开"诸葛亮会"，用了一个下午总算想出一个办法，赵老师不是摔折了腿，一直靠拄着木棍走路吗？要是能送他一副拐杖，他一高兴，说不定就不走了。可买拐杖得需要钱呐，钱从哪来而？草儿的脑子灵光一闪，有了，这周围最不缺的是山，山上有的是药材，药材不就是钱吗？草儿的这个建议得到了伙伴们的响应，大家拍手叫好，夸还是草儿最聪明。草儿要大家保密，对谁也不要讲，等钱攒够了，拐杖买来了好给老师一个惊喜。

草儿和那几个女同学每天放学后、星期天就借着上山捡柴、挖兔子食、玩耍的机会挖药材，然后卖到镇上的药材收购站。

一个星期过去，一个月过去……离放暑假没几天了，几个小伙把卖药材得来的钱凑在一起，几颗小脑袋围在一起数了又数，可还差十几块。草儿说，缺的这些钱我来解决。

3

期末考试结束了，草儿又是班级第一。可草儿没有因为考得好多高兴，她心里很着急，前几天她听说赵老师的同学又来信催他南下。再过一两天就要放假了，赵老师就要回去了，拐杖必须赶在赵老师回家之前买来。

早晨，太阳刚露出半个脸，草儿就扛着镢头上山了。草儿不知道，在她上山的那个时间，赵老师正拉着拉杆箱，站在通往县城的一个站牌下等车。赵老师不时扭头回望一眼草儿上学的学校。

远远地，车来了。赵老师拉动了拉箱，突然班长牛小力气喘吁吁跑过来，上气不接下气地说："老师，出事了，刘草儿从悬崖上摔下来了，快不行了……"

"什么？！快走！"赵老师扔下拉箱，拉着牛小力就跑。

刘草儿家的院子里，站满了人，人们一个个眼圈红红的。

赵老师分开众人，跑到屋里，只见刘草儿头上缠着绷带，静静地躺在那里，脸上蜡黄蜡黄，没有一点血色。她爹娘趴在那里，哭得背过气去。

诊所医生说："她走了，这娃，可惜了。"

"她怎么会去挖药材？"赵老师沉痛地问道。

牛小力说："老师，听班里的女同学说，她怕您走了不回来了，就和那几个女同学一起，偷偷挖药材卖钱，想给您买一副拐杖留住您。"

"买拐杖？这个傻孩子，都是老师害的！"赵老师呆住了，痛心地说，眼泪止不住地流下来。

4

刘草儿葬在了距离学校不远那座荒草丛生的东山上。

埋葬刘草儿的那个晚上，赵老师办公室的灯和村子里各家各户的灯一样，一直亮到很晚很晚。

第一辑　草儿青青，梦长长

幸福的平安果

孙晓霞一听，大颗大颗的眼泪骨碌碌从瘦削的脸颊上滚落下来，她感到满肚子的委屈，将憋在肚子里已久的那些心酸事一五一十地倒出来——

接到班主任电话的时候，孙晓霞正站在架子上，两只胳膊紧绷着，用力往上托着一桶泥子，颤颤巍巍地递到站在上面手拿瓦刀的姐妹手里。

谁的电话？孙晓霞心里自语着，将沾满白灰的一只手插进裤兜里，摸出手机一看：是儿子的班主任赵老师打来的。孙晓霞心里一惊：千万别出什么事！儿子上初中一年级半年多来，班主任已打过好几次电话，每次都是儿子闯祸的事。孙晓霞忙摁了接听键：你是赵侃侃的家长吗？

是啊是啊，我是小侃的妈，老师您有什么事吗？孙晓霞忙不迭地说。

你儿子太气人了，你抓紧来一趟吧。

老师老师，惹啥事了？

来了再说吧。说着，班主任挂了电话。

孙晓霞拿着手机一愣，心里慌慌的，好说歹说总算跟包工头请了一个小时的假，骑上自行车急忙往学校赶。

到了初一级部办公室门外，孙晓霞一眼看见儿子侃侃正低着头，站在赵老师的办公桌旁，小脸一扬一扬的，满不在乎的样子。赵老

33

每一棵小草都会有春天

师的桌子上放着一只精美的包装盒和一只大红苹果。儿子的神情让孙晓霞很生气：好你个熊孩子，你妈我为了你累死累活地干，就盼着你把书念好，将来有个出息，你倒好，三天两头给我惹祸，看我今天不揍死你！

孙晓霞忘了敲门，一脚闯进来，咚咚咚，走到赵侃侃跟前，扬起巴掌就打，被赵老师赶紧给拦住了。赵侃侃脖子一缩，吐了一下舌头。

老师，又给您添麻烦了。孙晓霞红着脸，胸脯一鼓一鼓的。

你先坐下，咱慢慢说。赵老师拉过一把椅子，让孙晓霞坐下。孙晓霞说什么也不肯，赵老师一再坚持，她才勉强坐在椅子的边上。孙晓霞眼圈红红的，眼泪就要流下来。

赵老师递给孙晓霞一杯茶水，然后讲起了事情的原委——今天是平安夜，学校为了培养学生节俭意识，同时也为了让学生集中精力搞好学习，早在前几天就已经下了通知，不准学生花钱到校外买昂贵的平安果。全班54个同学除了赵侃侃以外，别的没一个出去买的。退一步讲，你买也就买了，可居然还模仿我的笔迹写了请假条给门卫，撒谎说感冒了出去拿药。你看看，这又是平安果，又是什么冻疮药的，你说气人不气人？！

孙晓霞一听，大颗大颗的眼泪骨碌碌从瘦削的脸颊上滚落下来，她感到满肚子的委屈，将憋在肚子里已久的那些心酸事一五一十地倒出来——

孙晓霞身体不好，赵侃侃的父亲几年前外出打工，骑摩托车回家的路上出车祸死了，孙晓霞求人跟建筑队刮泥子。刚开始那阵子，孙晓霞一天下来，腰酸背痛脖子梗，胳膊肿胀得像棒槌，举都举不起来。有一次，孙晓霞一不小心，从架子上掉下来，锁子骨都折了，包工头死活不要她干了，她哀告半天总算保住了这份饭碗。每年入秋刮泥子，天气又凉，泥子粘在手上脸上，冰凉火辣。两手的虎口上满是口子，泥子一碰，生疼生疼，殷红的血咕咕往外冒，止都止不住。遇到活紧的时候，白天晚上连轴转。冬天活停了，手掌上那些口子都不敢碰一下凉水，一碰钻心的疼……

孙晓霞抽抽噎噎地说着，赵侃侃的眼泪早已吧嗒吧嗒流下来。赵老师眼圈红了，他后悔不该动辄把赵侃侃妈妈喊来，对赵侃侃的不懂事，是哀其不幸，怒其不争。

你说，你买那么贵的苹果干什么？这药布又是怎么回事？孙晓霞止住眼泪，回到今天的事上。

妈，我……我……赵侃侃斜眼看一眼孙晓霞，吞吞吐吐，欲言又止。

赵侃侃，你把实话说出来以后别再犯了就行，别再让你妈生气。赵老师说。

妈，我……我是给你买的平安果。你天天刮泥子上架子很危险，今天是平安夜，我听同学说吃平安果很灵验，可以保佑亲人一生平平安安，这药是给你虎口上缠的，医生说药效很好，这样你就不怕碰着水就疼了……赵侃侃眼泪汪汪地说。

你——你这熊孩子！孙晓霞的眼泪哗一下落下来，她站起身，下意识地伸手想搂过赵侃侃，可一想到这是在办公室，又坐下了。

噢，是这么回事，这孩子。赵老师心里一动，一股暖流涌上心头，多懂事的孩子啊，都怪我戴着有色眼镜看人，对后进生没有耐心，要是再多问几句，说不上他也就把事情说清楚了。赵老师自责着，走到赵侃侃跟前，轻轻拍拍他的肩膀说，你是个懂事的孩子，虽然你违反了校规，可你的出发点是好的，情有可原，老师原谅你了，没事了，快去教室上课吧！

赵侃侃噙着泪水，看看妈妈，又看看赵老师，转身就往外走，

每一棵小草都会有春天

快到办公室门口时,却又停住了。他扭过头,朝赵老师深深鞠了一躬,转身朝教室跑去。

看着赵侃侃越来越小的身影,赵老师和孙晓霞相视一笑。桌子上,那只大红平安果也甜甜地笑了。赵老师拿起平安果递给孙晓霞,孙晓霞接过来用力掰成两半,一瓣塞到赵老师手里,一瓣揣进兜里,她跟赵老师打个招呼:赵老师,我走了,再不就迟到了。说着,出了门,腿一抬,轻快地骑上车,走了。

阳光明媚,校门前的马路上,不时传来丁零零的清脆悦耳的自行车铃声。

折柳的少年

看着小男孩矮小的身影消失在树林的那一边,老柳的泪再也止不住了,他喃喃自语:孩子啊,你知道吗?救你的那位叔叔不是别人,是爷爷唯一的儿子啊!

老柳58岁了,离规定退休年龄还有两年。单位照顾老柳,让他管理院子里那些花花草草,每天拔拔草,松松土,剪剪枝,工作倒也清闲自在。不过老柳干得挺认真。同事笑他死心眼,糊弄两年退休得了。老柳脸色一沉:那怎么行?那是我老柳做的事吗?!

再过三天就是清明节了,这天,老柳正在花坛边松土,无意中发现有个八九岁大小的男孩,翻过低矮的栅栏,正往距花坛十几步远紧靠栅栏的一棵柳树上爬。老柳放下锄头,赶紧小跑过去,问小男孩干吗偷爬树,小男孩一见来了人,也不说话,哧溜溜下来,一

第一辑 草儿青青，梦长长

抬脚跑了。老柳苦笑着摇摇头，说，这孩子，真淘气。望着小男孩跑远的背影，老柳的脑子里忽然闪现出儿子小时候头戴柳条帽，拿着木棍当冲锋枪的淘气样子，鼻子一酸，眼圈红了。老柳叹口气，说，老了老了，不争气了。

第二天下午下了班，老柳正要回家，下意识地朝柳树那边看去，只见那个小男孩又往树上爬，一只手紧抓着一根柳树枝。这小家伙，跟我玩猫捉老鼠的把戏。老柳想快跑过去制止，刚一抬脚，猛然想到，万一孩子受了惊吓跌下来伤着咋办？老柳便放轻脚步，蹑手蹑脚走过去，正要折枝的小男孩也发现了站在树下的他，这次小男孩没有立即从树上溜下来，却抱着树干低头望着老柳，和老柳僵持着。老柳好说歹说，总算把小男孩哄下树。

老柳弯下腰，慈祥地看着小男孩，问他咋为啥三番五次来折柳枝？是想做柳帽还是做柳笛吹？小男孩低着头啥也不说，老柳的耐心出奇的好。也许是见老柳不那么凶，小男孩突然头一仰，咕嘟着一张小圆脸，反问道：干吗非要告诉你？我偏不！

老柳被小男孩倔强的样子逗乐了，那一刻他觉得眼前这小家伙像极了小时候的儿子。老柳备感亲切，却故意脸色一沉，说，你不说，我明天就到学校找你老师，告诉他你攀折柳树，不爱护公物，不是好学生。

小男孩急了，说，好爷爷，求求您，千万别告诉老师，我妈妈知道了她会很生气的，爷爷，您一定要知道为什么？

老柳点点头。

那我给您讲个故事吧，这是我妈妈讲的故事——

有个小男孩，他爹在他三岁的时候出车祸死了。三年前，他六岁，夏天发大水，中午，小男孩趁妈妈不注意，从家里跑出来，跑到城西河边看发河水。那条河很大，一直流到很远很远。那天河水

37

每一棵小草都会有春天

很急很大，发出狮子一样的吼声。小男孩拍着手兴奋地喊着叫着，围着河坝跑，一不小心，脚下一滑，滑进了河里，小男孩在河里一浮一沉，眼看就要被河水冲走了，这时有人纵身一跃，跳进了河里，费了好大劲才把小男孩托上岸，可最后救人的那人却再也没能上来，打捞人员沿着河流一连找了好多天也没找到。妈妈说，救小男孩的那位叔叔才三十多岁，那天他正要给在单位值中班的父亲送饭，碰巧遇到小男孩落水……小男孩说到这里，眼圈红了，嘴唇哆嗦了几下，用小手背擦了又擦。

小男孩说，你可能猜到了，那个惹祸的小男孩就是我。小男孩说，每年清明节，他跟妈妈给爸爸上坟，妈妈每次都要去折几根柳枝插在爸爸的坟上。妈妈说，清明插柳，死去的人就能看见亲人，就能和亲人团聚。

小男孩说，后来，他上小学三年级了，有一天他从一本书里看到死去的人尸首找不到了，亲人就会给他做衣冠冢来祭奠他。小男孩说，他很想念那位救了自己一命却连脸面都没看清的叔叔，他偷偷在离家不远的小树林里做了一个小小的坟包，他想清明节的时候，也给那位叔叔的坟上插柳，这样他就能看清那位叔叔的模样了，叔叔也能跟他说话了，他也能告诉叔叔自己得到老师表扬了啥的……

小男孩还在说着，老柳的眼睛润湿了。

小男孩说，这就是我折柳的原因。爷爷，这是我的一个秘密，连我妈都没告诉她，你可要替我保密。

老柳噙着泪水用力点点头，保密，爷爷保密。

来，拉钩上吊，一百年不许变。

好，拉钩上吊，一百年都不变。老柳哽咽着，孩子似的笑了。

爷爷，你咋哭了？

哦,爷爷眼里进沙子了,没事,孩子。

爷爷,那您告诉我,我是个好孩子吗?

你是好孩子,顶好的孩子。老柳轻轻抚摸着小男孩的圆脑袋说。

爷爷,那您愿意给我几根柳枝,和我一起去给那位叔叔的坟头插柳吗?

愿意,爷爷愿意,不过,爷爷不能折这里的柳枝,这是集体的树,不能折,到爷爷家去,爷爷家有一棵老大的柳树。

老柳拉着小男孩的手到了家,从老柳树上折了一大抱柳枝,俩人一起来到小男孩说的那片小树林。

小男孩朝一棵树旁一指,说,就这里。

老柳顺着小男孩的手指看去,那里果然有一个小小的土包,土包上面压着一块石头,还真像一座小小的坟子。老柳踉跄着走过去,呆呆地看着,许久许久,木然地将柳枝一一插在坟上。

小男孩跪在那里,郑重其事地磕了三个响头,对着坟子自言自语着什么。

谢谢爷爷,那位叔叔知道咱们来看他一定会很开心。

是的,会开心的,一定会的。

爷爷,再见!

再见,孩子!

看着小男孩矮小的身影消失在树林的那一边,老柳的泪再也止不住了,他喃喃自语:孩子啊,你知道吗?救你的那位叔叔不是别人,是爷爷唯一的儿子啊!

这时,老柳的眼前蓦地浮现出老家山岭上那座儿子的衣冠冢。

每一棵小草都会有春天

你的掌声是我飞翔的翅膀

我们正跟她聊天,门开了,进来一个细高的男子,西服笔挺,神采飞扬。要不是下巴上那块黑痣,我差点没认出他是多年不见的赵晓鹏。

那年,我转学到旮旯乡初中一(2)班。同桌叫赵晓鹏,男生中他个子最矮,长着与他年龄很不匹配的一张"大人脸",脸颊瘦瘦的,额头皱皱巴巴,平时难得见他一笑。课下他喜欢独来独往,经常在花坛旁、冬青带边,拿根小树枝在地上划拉,在他划过的地方,片刻便蓬蓬勃勃地"长出"一片冬青。他常常坐在座位上,右手成拳,抵着下巴想心事。那姿势和美术课本里的雕塑"思想者"一模一样。同学给他起了个绰号"思想者"。

那时学校有个美术辅导班,叶老师担任辅导教师。我和赵晓鹏都是辅导班的学员。在辅导班上,赵晓鹏一反常态,非常好问。他画的画经常得到叶老师的表扬。

期中考试后,学校组织"学生装设计"大赛。叶老师筛选了一部分作品进行展评。赵晓鹏的作品一展出,教室里立即像炸了锅:那张扬个性的款式,大红的颜色,裤脚黄色紧口绳显得格外耀眼。要知道当时那时无论乡下还是县城,校服都没有红色的,纯一色的绿或蓝。

同学们指指点点,议论纷纷,很多同学提出了反对意见——"瞧瞧,这是设计的校服吗?校服哪有大红颜色的?"

第一辑 草儿青青，梦长长

"这也太离谱了，和街上的那些小混混的穿着有啥两样？"

"怪人就是怪人！"

"哼哼，别看他平时不大言语，内心里想的啥？这不都露出来了？"

赵晓鹏涨红着脸，头都快低到桌子底了。我真想站起来替赵晓鹏辩解一番，可又没那么大勇气。

叶老师用黑板擦重重敲击着讲台，说："请同学们安静，赵晓鹏同学，请你讲一讲你的想法好吗？"赵晓鹏坐在那里，低着头，不作声。叶老师没有催他，始终微笑着看着他。我轻轻捅了他一下，他终于站起来，走上讲台，低着头，杵在那里，他猛地仰起头，说："我想中学生应该是热情奔放的，激情洋溢的，所以我用红色。我们是活泼好动的，所以我用这么宽松的款式。我想突出我们的个性，展示我们青春的风采……"话音刚落，"啪啪啪"，叶老师鼓起了掌，异常激动地说："赵晓鹏同学，你的设计理念很好，很有思想，的确展示了中学生的风采。你的文采也很不一般！你不只是设计师，还是一个诗人呀！"同学们都愣了，他们没想到叶老师会给予这么高的评价。我啪啪啪鼓掌，片刻，其他同学们也跟着鼓起了掌，有个女同学小声说："其实我也想用红颜色设计，可没敢。"赵晓鹏看着我，看着鼓掌的同学，眼圈红了。

也许因为我带头鼓掌的缘故，赵晓鹏跟我走得更近了。他悄悄告诉我一个小秘密——他爸妈常年在城里做服装生意，他很想将来设计出属于自己的服装品牌让爸妈卖到大城市去。

两周后的一天早晨，我到学校上早读，一进校门发现前面走着一个矮个子同学，穿着大红颜色的衣服，裤脚还系着黄丝带。咦？这款式咋这么眼熟？我三步并作两步赶上去一看，这不是赵晓鹏吗？他居然把自己的设计做成了衣服穿到学校里来了！不少从他身边走过的同学都指指点点，有的捂着嘴巴偷笑。我拉他一把，说："你也太大胆了吧？不怕老师找你？"

"干吗害怕？美术老师都已经表扬我了，怎么，连你也反对？"

"不，我支持你。谁叫咱是好朋友呢？"

可我心里还是替他捏一把汗。果然不出所料，一进教室，立即引起轩然大波——

"赵晓鹏真是吃了熊心豹子胆，敢穿进校园！"

"他这是典型的违反学校纪律，就等着好看吧。"

班主任急匆匆进来了，眼睛直直地盯着赵晓鹏看了几分钟，把赵晓鹏叫到办公室。

一直到第二节课赵晓鹏才回来，他眼睛红肿着，红校服不见了，取而代之的是和别人一样的校服。不用说就知道，一定是班主任让他回家换的。

周一，升国旗。政教主任在国旗下讲话中特别强调不准穿奇装异服，否则严肃处理云云。

不久，叶老师调到另一所学校去了，美术辅导班解散了。

第二学期开学后，赵晓鹏没有到校。听老师说，赵晓鹏转学到县城学校就读了。从此，再没有了赵晓鹏的消息。

15年后，初中同学聚会，叶老师也来了。她还是老样子，微胖，乐呵呵的。我们正跟她聊天，门开了，进来一个细高的男子，西服笔挺，神采飞扬。要不是下巴上那块黑痣，我差点没认出他是多年不见的赵晓鹏。

"赵晓鹏？是你？！"我惊喜地叫道。

正要跟他握手，却见他一步跨到叶老师跟前，热热地叫了一声："叶老师！"

赵晓鹏说，高考他考上了北京服装学院，专门学习服装设计，

> 第一辑 草儿青青,梦长长

现在北京一家跨国服装公司担任首席设计师。前几天刚从法国领奖回来。他拿出一个烫金证书双手递到叶老师手里,叶老师轻轻摩挲着证书,自言自语道:"当年我果然没看错,好样的……"

赵晓鹏说:"叶老师,您还记得那堂学生装设计作业展示课的情形吗?同学们都嘲笑我,你却说,我不仅是一个设计师,还是一个诗人。这么多年,无论遭受多大挫折,我都没敢忘记您的这话。老师,您的掌声是我飞翔的翅膀……谢谢您!"说着,赵晓鹏朝叶老师深深鞠了一躬。在场的同学都不约而同地鼓掌,一起朝叶老师深深鞠躬。当我们抬起头的时候,每个人眼里都泪花闪闪。

台 阶

收起你冲动的心,低下你高傲的头颅,找个理由,给爱一个台阶,那么,坚冰就会融化,高墙就会倒塌,干戈就会化作为玉帛,人生的新的一页从此掀开……

那年,我在一所乡镇高中读高二。那时我的各科学习成绩都比较好,排级部前几名,是老师眼里考大学的好苗子、重点培养对象。任课老师对我格外关照,尤其数学老师赵老师,对我喜爱有加,隔三岔五给我"开小灶"。

赵老师的关爱,甚至说宠爱,让我这个他最得意的弟子有些飘飘然,摸不着南天门,不知不觉心生了一些傲气。我开始不爱做作业,自以为会了,看看就行,无须动笔了。大约有一周多的时间,

每一棵小草都会有春天

我一直不交数学作业。赵老师找我，问我原因，我也说不出所以然，反正就是不想做。这让赵老师很失望，也很生气。他一再讲明做作业的好处，可我却置若罔闻，左耳进右耳出。

那堂数学课上，赵老师把我狠狠批了一通，还说有的同学老师对他好一点就翘尾巴，不知天高地厚，这样下去怎么考大学？这样严厉的不留情面地批评在我是新媳妇坐轿——头一回。这让自尊心极强的我脸上挂不住。也不知哪根神经出了故障，居然跟赵老师顶撞起来，歪着头，嘴里振振有词：我就不写，咋了？赵老师很生气，让我出去站着反省。我不出去，就那么梗着脖子杵着。教室里顿时充满了火药味。好心没得到好报。赵老师气得手发抖，强压住怒火，示意同学们自学。教室里寂静极了。几十双眼睛齐刷刷射向我，每双眼神都是对我的不满——哼，学习好就了不起了？这下好了，全班同学上不成课跟着遭殃。我却毫不在乎……

又到了数学课，为了不耽误其他同学上课，我干脆抱着书去宿舍待着。班主任刘老师到宿舍叫我，我梗着脖子——不去，除非赵老师来请我！

唉！刘老师摇摇头，重重叹了口气，一脸无奈地走了。

整整三天，我一个人待在宿舍里，什么也学不进去。无聊、寂寞、空虚和孤独占据着我的一颗年轻的心。其实，我也很想回到教室，回到同学们中间，可青春的倔强让我拉不下脸面。赵老师始终没有到宿舍找我。我俩就那么拧着。

平安夜到了。往年我都会买几个苹果送给自己最喜欢的老师，可现在我却一点心思也没有了。看着宿舍里男同学都热热闹闹买平安果送给老师和同学，我心里更加郁闷。

第二天早操，我还在宿舍蒙头大睡，突然被窝被谁拉开了，我正想发火，睁眼一看，是赵老师。我没好气地把被子又拉紧。赵老

第一辑　草儿青青，梦长长

师打趣说，你小子还真倔，起来，到教室学习。我很奇怪，老师咋会真的来请我？难道被校长批评了？我猜测着，心里一阵窃喜：到底拗不过我了不是？我故意慢慢吞吞地起床，跟在赵老师后边进了教室……

下午放学时，班主任找到我，给我一个笔记本，说这是赵老师让转交给你的。我犹豫着，接过笔记本。讨好我不是？对嘴上这样说，心里却很得意。课上，我不再以敌视的眼神看赵老师，作业也开始规规矩矩地做。师徒关系一如从前。

时光荏苒，转眼到了高考。进考场的前一天，赵老师跟我谈心，他拍着我的肩膀说，小子，你是我教学这么多年碰到的最固执也是最有潜质的一个学生，正常发挥就行，我相信你！

高考结束，我如愿以偿，考取了自己梦想的大学。到学校拿录取通知书碰到赵老师，得知我被某名牌大学录取，他高兴地在我肩膀上结结实实擂了一锤，笑着说，你小子还真行，我没白疼了你。那一刻，我觉得眼前站着的不是老师，是我的父亲。

十年后，高中同学聚会。赵老师来了。他走路还是那么风风火火，只是白头发多了许多。我们围着赵老师亲热地说着话。大家纷纷说起高中时那些趣事溴事，一个个沉浸在对高中火热生活的深情回忆中。

不知是谁说起我那次跟赵老师赌气，跑到宿舍蹲了三天的事。我的倏地脸红了。

赵老师扶了扶眼镜，笑着对我说，别说，当时你小子性子真拗，见了我跟仇人似的。没想到，平安夜你还知道送我平安果……

平安果？我哪送什么平安果？我纳闷了。

你没送？那班主任刘老师怎么说是你托他送的？赵老师疑惑地说。

每一棵小草都会有春天

当时我还在和您赌气,哪里会送平安果?可您却让刘老师转交给我一个笔记本⋯⋯

笔记本?我什么时候送你笔记本了?

难道是⋯⋯

难道是⋯⋯

哦,明白了!

明白了,明白了!

原来这一切,都是刘老师故意撒的谎。是刘老师善意的谎言推倒了横亘在我和赵老师之间的那堵墙,消弭了我和赵老师的心灵隔阂与对立,让我低下了那颗倔强高傲的头颅。

看着满头银发和蔼可亲的赵老师,我心里惭愧极了,真想上前拥抱一下他,如同拥抱我的父亲,向他真诚地道一声"对不起",尽管这声道歉迟到了十多年⋯⋯

那天,我忽然明白了这一生中早该懂的一个道理:成长路上,没有人对你有必须爱的义务,除非你的父母。处在青葱岁月的年轻人啊,面对那些真爱你的人,对你恨铁不成钢的人,最盼你好的人⋯⋯收起你冲动的心,低下你高傲的头颅,找个理由,给爱一个台阶,那么,坚冰就会融化,高墙就会倒塌,干戈就会化作为玉帛,人生的新的一页从此掀开⋯⋯

稀罕物(原创小小说)

厉剑童

赵师傅围着围裙,正在伙房的案板上忙着做菜,党委办公室秘

> 第一辑 草儿青青，梦长长

书张三小跑进来，急吼吼地说："老赵，快想想，'通'是什么菜？上边来的大领导桌上让上盘'通'！"

"'痛'是啥？你这大秀才连'痛'都不知道？来，让我拿针锥扎你一下不就知道了？"老赵说着，佯装去拿针锥。

"是'通'不是'痛'！老顽童，你就别穷寻开心了，麻利点，赶快给我做出这道菜来，别耽误大领导品尝，不然后果……"

老赵把天上飞的，水里游的，地上跑的，想了个遍，可就是没想起来啥菜叫"通"。"哎哟，做了一辈子菜，可真不知道什么'通'，你赶紧想办法弄清楚，整明白了我做就是了。"

看老赵真不是开玩笑，张秘书慌了神，到底啥稀罕物叫"通"？张秘书一边自语着，一边急吼吼出去了。他把在家的机关干部逐个问了一遍，没人知道啥叫"通"；又打电话问在县机关事务局掌勺的铁哥们，居然也不知道；又问了县委负责接待处的大学同学刘主任，也说不出个所以然来……张秘书不泄气，一定要弄明白啥叫"通"。因为他知道，招待不好上边来的大领导，领导怪罪下来自己吃不了兜着走。张秘书一个电话一个电话的打，把手机都打烫了，把能认识的与做菜擦边的关系都问了一遍，能查的资料、菜谱翻了个遍，直忙得嘴唇发干、嗓子冒烟，手指头疼，最终也没弄明白"通"这稀罕物到底长的啥模样。

张秘书气喘吁吁地回到餐厅，宴席已经散了，牛乡长正陪着大领导说笑着朝休息室走。张秘书赶紧尴尬地在前面引路。牛乡长朝张秘书狠狠剜了一眼。张秘书顿时额头直冒虚汗。

大领导走后，牛乡长把张秘书狠狠训了一顿，连个简单的菜都上不上，这是严重的招待事故，还想三想四……哼！牛乡长一个"哼！"张秘书倒抽一口凉气，一屁股蹲在地上，都怨办公室马主任，你早不走晚不走，偏偏大领导来了你出发了，还让我全权负责招待，

47

每一棵小草都会有春天

这不是害我吗！完了完了，那事玩完了。一连好多天，张秘书心里一直忐忑不安。

令张秘书没想到的是，几个月后，干部调整，他不但没被调整出去，并且日里夜里盼的那事——办公室主任的差事居然顺利干上了。这让他又高兴又意外。

一年后，上边来的那个大领导又来了。大领导刚从重要领导岗位上退下来，这次轻车简行地来，名为调研实，则出来走走看看，散散心。大领导游览了周边一带的山水回来，中午张三主任和已经党委一把手的牛书记一起陪大领导在乡餐厅就餐，桌上没什么海参燕窝，都是当地地里产的山上抓的，不外乎蚂蚱、蝗虫、蝎子……啥的，没啥稀罕要，大领导却笑着说，这是名副其实的"山珍海味"，超标了，下次再来可不许这样招待，碰啥吃啥就是。

张主任说："领导客气了，上次您来我们招待不周，没让您吃上那道'通'菜，都是我工作的失误，借此机会向领导检讨，自罚一杯！"说着，张主任端起酒杯将满满一杯酒一饮而尽。

"好好好，小伙子有魄力，能吃能喝才能干吗，你们说是吧？"大领导赞许地说。

"是是是。"在场的人都附和说。

张三主任其实酒量不大，撑死了两杯酒的水平，这次不知怎的居然喝了三杯，就一落肚，话多起来，有些管不住自己。

"领导，您好！有一个问题我百思不得其解，您能否指教一二？"张三主任大着舌头说。

"张三，你喝多了，出去醒醒酒，看看饭准备好了没？！"牛书记微笑着，拿眼看着张三。

"没关系，年轻人嘛，说就是。"大领导大人大量，说着，笑眯眯地看着张三。

> 第一辑 草儿青青，梦长长

"就……就是您说的那个'通'菜，到底是啥稀罕物？这一年多了，我一直没整明白。"张三结结巴巴地把上次找"通"的过程从头到尾详详细细说了一遍。

"哈哈，我还以为你要问什么呢，'通'是吧？'通'就是你们说的'葱'，我老家那嘎达的方言，我们那儿还管菠菜叫菠苔。上次我一下车看到你们大院东北角有一小片葱地，那葱长得绿绿的，粗粗的，葱白那么长，不用吃就知道肯定又脆又辣，一下子勾起我小时候一家人围着桌子吃葱的情形，勾起了我的乡音乡情乡愁，这才要你们上盘'通'，啊，不对是'葱'，再回味回味，没想到我的方言给你们添了那么多麻烦，更没想到你这小伙子工作这么认真负责，是个好同志……"大领导说着朝牛书记点点头。

"领导，不好意思，我出去一下。"张三主任说着，出去餐厅，直奔葱地，拔了几棵地里最好的大葱，洗净，端上餐桌。大领导却只看没吃。

张三主任事后把"通"与"葱"的事当笑话说给即将退休的伙房赵师傅听，赵师傅也笑了，说，我以为这稀罕物只有月球上才有，没想到居然是再平常不过的大葱，有意思有意思。

"可我不明白，大领导那么喜欢吃葱，可这第二次来我把葱端上桌他却连动没动，这是为什么？"张三主任说。

"是不是大领导不在领导岗位上了？"赵师傅说。

"是啊，他刚从主要领导岗位上退下来。可这跟吃不吃葱，啊不是'tong'有啥关系？"张三主任不解地说。

"啥关系？那玩意气味多冲啊，这……你懂得。"赵师傅诡异地说。

张三主任对"你懂得"仨字想了整整一晚上，天亮时突然明

49

白过来。那一刻,他忽然想到自己刚喜欢上的臭豆腐……

妈不是好女人(原创小小说)

厉剑童

爸心脏病猝死,妈一个人拉扯着儿子勇过日子。好看的妈拒绝了亲朋好友几次三番的相劝,执意不肯改嫁或招个男人上门。邻居张婶明白,妈是担心万一选错了男人,勇会受委屈。

妈身体羸弱,根本干不了地里那些拖犁拉耙的重体力活。去地里送粪,妈一个人推不动,就把那只老母羊当牛使,拴上绳子在前面拉。妈常常一个人在灯下,摸着勇的一颗圆脑袋,重重叹气,可不管多苦多累,在人前妈永远是一副笑模样。

爸走后第二年,妈在村里开了一间小卖部。别的小卖部都有专门来送货的,妈为了多赚点钱,自己推着车子去镇上批发部进货。小的货物妈还能搬得动,成箱的大的重的货妈就力不从心,几次摔倒在地爬不起来。幸亏了赵叔帮忙,妈才将小卖部勉强维持下去。

赵叔四十多岁,不知什么原因,一直单身。那次妈搬运一个大箱子,一不小心从货架上摔下来,趴在地上爬不起来,赵叔碰巧来买东西撞见了,把妈拉起来。从此,赵叔有事没事常去小卖部转转,看能不能帮上什么忙。一来二去,赵叔成了妈的小卖部的常客。

妈不是好女人的名声就是从那之后逐渐传出来的。那天,勇和张婶的儿子锁一起玩耍,玩着玩着勇把锁惹毛了,锁说勇的妈不是好女人，和男人勾勾搭搭。勇把锁打翻在地，揍了个嘴啃泥。

勇哭着跑回家，正好撞见赵叔在小卖部抱着妈，赵叔脸上很尴尬，妈脸色蜡黄，跟勇解释，勇不听，火冒三丈，抓起一根小木棍就朝赵叔头上打去，被妈一把夺下。勇气愤至极，一摔门冲了出去……勇负气在村里游荡了三天，最后被张婶找回。

从此，勇知道妈不是好女人，勇恨死了妈，也恨死了赵叔。勇不愿看到妈，更不愿再看到赵叔——赵叔在那之后背着铺盖卷一个人南下打工去了。勇觉得恶心、龌龊，觉得妈对不起死去的爸。

初中三年、高中三年，勇在外村住校上学，除了双休日，勇不愿回家，硬着头皮回家后勇也不愿多搭理妈一句。尽管妈一次又一次欲言又止，尽管晚上妈的房间里的灯一直亮到天明。勇在学校发奋攻读，盼着考上大学早一点离开家，离开那个令他蒙羞的小山村。

勇果然考上了省城一所重点大学。

上大学的学费很昂贵，妈支撑不了。勇尽管也在学校兼职，可还是难以为继。勇痛苦极了。幸亏一个署名"就想帮你一把"的陌生人每月500元的相助勇才得以继续完成学业。勇对这个陌生的爱心人士充满了感激，暗下决心，将来一定要找到他，好好报答他的大恩大德。

勇大学毕业后靠着优异的学业成绩，顺利考取了省直机关公务员。就在他报到的那天，张婶来电话，告诉他妈走了，妈是在往货架上托举一个货箱时站立不住，摔倒在地猝死的。勇心里一阵悲伤，但一想到妈和赵叔的那一幕，勇心里就会冒出一股无名火。勇实在无法原谅妈。

勇回到家，和大爷叔叔们殡葬了妈。勇要走了，勇觉得这个家这个村子再也没啥留恋的了。勇走到村口的时候，张婶追上来，告诉他，你妈不是坏女人！你妈在你爸去世后不久就查出得了妇科病，可你妈一直瞒着你，怕你担心，影响学业。赵叔是看上了你妈，他也真心想帮你家，你妈一直没答应。你那次看到的你妈和赵叔的事，不是你想的那样，那天你妈太累了，往货架上放东西时，头晕，眼前一花，差点摔倒，你赵叔正好碰见……还有，那位捐助了你四年大学的好心人不是别人是赵叔，你赵叔一直未娶等你妈，没想到你妈却……你赵叔这些年在深圳打工，前几天从脚手架上掉下来摔坏了腰椎，瘫痪了……

什么？！勇惊得目瞪口呆。片刻，眼泪如决堤的河道，从眼眶里奔涌而出……

几个月后的一天，在省城那条宽阔的街道上，一个年轻人推着一辆轮椅，轮椅上坐着一个满头白发的老人，老人一脸慈祥。两人有说有笑地走着。过路的人都投去赞许的目光。一位老大娘啧啧赞叹：这儿子多孝顺，当父亲的有福啊！

过路人不知道，推轮椅的青年是勇，坐在轮椅上的瘫痪老人，不是别人，是赵叔。

天意（原创小小说）
厉剑童

这些天，老高心里有事，一直心神不宁，又期待又忐忑，干啥都没了心思。

老高一个人来到海边散心。天气晴好，也许是周末的缘故，海滩上玩耍的人很多。海上风浪不大。年轻人三五成群，嬉笑着打闹着乘上快艇、游船，海鸟一样在海上来回穿梭。几个年轻人各自驾驶独木舟摇啊摇，好不轻松惬意。

第一辑 草儿青青，梦长长

眼前的一切，让老高不由想起自己当年和妻子儿子一起，坐在游船上游玩的情形，耳畔回响起儿子"咯咯"的笑声。那时他们是多么恩爱幸福的一家。可惜这一切都早已成了过去。自从 13 年前和妻子离婚，妻子带着八岁的儿子愤然走了以后，老高便再没有见到儿子。想起这些，老高的心里酸酸，涩涩的。

自己酿下的苦酒只能自己喝。老高苦笑着摇摇头。

老高眼睛迷离着，呆呆地看着不远处的海面上那几个驾独木舟玩得起劲的年轻人，叹了口气：唉，算起来我儿子也该有他们这么大了……要是我儿子也能过得他们这么开心就好了……都怨我，色迷心窍，是我对不起妻子和儿子。老高想起早年做的那些荒唐事，肠子都悔青了。可老高明白，人生没有如果，世上也没有卖后悔药的。

起风了，海浪轻轻摇荡着小船，独木舟在水上一漾一漾的。空气明显凉了起来。几只海鸟在海面上盘旋，一忽儿掠过水面，一忽儿直冲向高空。那些禁不住凉意的游客和市民陆陆续续离开海滩。长长的海滩上人少了许多，喧嚣的海滩顿时显得安静下来。不远处，一艘红色的独木舟上的年轻人仿佛不觉得凉意，意犹未尽地玩耍着。

老高赤脚在沙滩上慢慢走着。松软的沙滩摩挲着脚底，他觉得通体是那么舒坦。凉凉的海风吹着他的额头，脑子格外清醒，心情分外平静。老高就那么漫不经心地走着，突然听到有人喊"救命啊！"，老高猛抬头循声一看，只见刚刚还悠闲自得的红色独木舟此刻却倒扣着，那个青年人在水里伸着两手拼命挣扎。

不好，有人遇险了！老高心里咯噔一下，二话没说，边跑边甩掉上衣，扑通跳进海里，奋力向遇险者游去。落水的青年在水里一上一下，沉沉浮浮，眼看就要沉下去。老高凭借着当过海军的底子，加快速度,一会儿游到了落水青年身旁,抓住那人的衣领用力往外拖,落水的青年突然死死抱住老高,两人差点一起沉下去,老高被连呛了几口水,一通折腾,总算把落水男子拉到海滩上。

老高瘫坐在沙滩上,大口大口地喘着粗气,低头朝仰面朝天躺在自己一旁的落水青年身上看去,顿时呆住了:他从落水青年额头上那颗指甲盖大的玫瑰花瓣样的胎记上一眼认出,这个被救的青年不是别人,正是自己13年不曾见面的亲生儿子!老高又激动又紧张,手脚并用,爬到儿子一边,用力摇晃着儿子的肩膀,大喊着"儿子,儿子"……儿子终于醒过来,懵懂了一会儿,儿子惊讶地脱口而出:是你?爸!儿子从老高左脸上那块巴掌大的胎记上认出,眼前救了自己的这人,正是自己的父亲!儿子一头扑进老高的怀里,紧紧抱住老高,父子俩相拥而泣……

老高告诉儿子,他这些年一个人支撑一家企业,随着自己一天天变老,越来越力不从心,这才决定找到儿子,让儿子接替他的产业。老天佑我,虽然几经周折,总算让我联系上你……老高跟儿子絮说着,泣不成声。

就在今天早晨,老高事前已打电话和儿子约定,明天下午两人在老高所在城市靠近海边的一座茶楼见面。想到很快就要见到分别多年的儿子,老高心里又激动又不安。虽然之前已经跟儿子联系上,儿子也答应见他,可这么多年没见,儿子到底长什么样了?儿子会真正原谅自己吗?老高心里没有底。为这事他已经失眠了整整三个夜晚。为了平复心情,老高这才到海边散步,释放内心的忐忑和激动。没想到,却以这种方式跟自己的亲生儿子见面了。

老高的心里很宽慰,没想到在儿子命悬一线的危急关头,自己奇迹般地出现在儿子身边,亲手把儿子从死神手里拉了回来,这些都是天意啊。老高感慨着,抱着儿子,老泪横流。

第一辑　草儿青青，梦长长

儿子紧紧搂着老高，看着老高苍老的脸和满头白发，儿子羞愧地低着头，泪如泉涌。

就在一个月前，妈妈死了，妈妈至死也不能原谅老高的背叛。为了替妈妈报复老高，儿子这几天精心酝酿了一个计划——等和老高相认后，带上老高的钱财立马消失，让老高也尝尝被欺骗和抛弃的滋味。

可想到即将受到惩罚的那人毕竟是自己的生身父亲，儿子心里又有些忐忑有些不安。

儿子没有告诉老高，自己提前一天来到这座城市。为了缓解内心的不安，儿子独自到海上划独木船，没想到却出了事，是自己即将下狠手报复的对象——父亲救了自己。这都是天意啊！儿子感喟道。

儿子回望一眼苍茫无际的大海，转身搀扶着老高的胳膊，一步一步离开海滩，走过那座约定的茶楼，朝老高的住处走去……

不翼而飞的药瓶

蔚蓝的天空中飘荡着一朵朵洁白如棉花团似的白云。不远处的麦田里，附近村子的农人弯着腰，一下一下锄草、追肥……

他原本有一个幸福的家，父亲常年做生意，母亲在家务农，父母恩爱，生活平淡而温馨。他在那级高三理科班中学习数一数二，是学校高考重点培养对象。

然而，一切都在一夜之间逆转。一场突如其来的车祸夺走了父

每一棵小草都会有春天

亲的生命,肇事车辆逃逸,母亲饱受打击卧床不起。家庭的变故、高考的压力,他将生活在顺境中的一颗心击得伤痕累累。深陷心灵沼泽的他,对社会对人生充满了迷茫,整天昏昏沉沉,学习成绩一落千丈。他悲伤,他痛苦,他失望,他绝望,他茫然……班主任来了,物理老师来了,生物老师来了……教他的所有老师都来了,一次又一次谈心,一次又一次的鼓励。面对一双双热切期待和关切的眼睛,他也曾愧疚过,也曾振奋过,可几次挣扎,几番努力,一切都是徒劳,一颗心深深陷在泥潭里,不能自拔,并且越陷越深,他也越来越无力抗争。

他常常一个人独自徘徊在校园西边的小河边,背靠大树,两眼空洞,仰天长叹。眼前的一切都是阴沉的灰色,灰色的天,灰色的云,灰色的树,甚至连飞过的小鸟、碧草如茵的小河都是灰色的。

他绝望至极,痛苦至极。逃离高考、逃离悲伤、逃离尘世种种可怕的念头牢牢占据他的一颗心。他彻夜难眠,头痛欲裂,靠安眠药片维持。

卧床三个月的母亲猝然离世,将他伤痕累累的一颗心击得粉碎,碎成一团粉末,仿佛手一扬就会随风而去。

他决定选择逃避。那个中午,同学们都坐在教室里为即将到来的高考拼搏,他悄然走出教室,走出校门,走到小河边,坐在那块几乎被他磨光了的青石上,茫然地望着水面,脑子里满是一幅幅小时候拉着爸爸妈妈的手一家人快快乐乐的生活场景。潺潺流淌的河水发出的声响他听不见,摇头摆尾游来游去的小鱼他看不见,就连那个打着红头巾,提着篮子,沿河剜野菜的老人都视而不见。想到就要和自己的亲人团聚,他脸上露出久违的笑容。他从口袋里慢慢掏出那瓶装满白色药片的瓶子,将瓶盖一圈一圈拧开。突然,小腹一阵剧烈的绞痛。不好,又要拉肚子。长期的低落情绪严重伤害了

第一辑　草儿青青，梦长长

他健康的肠胃。他实在受不了了，将瓶子往石头上一放，急匆匆跑进河那边的苹果园……

当他从苹果园出来再次来到那块青石边时，猛然发现好端端放在石头上的那瓶安眠药不见了，却多了一张被小石子压着的纸片。是谁把药拿了？要是被误食了咋办？他心里一阵慌乱。他疑惑地拿起那张纸片，上面写着一段清秀的文字：

孩子，成长路上，挫折、磨难和打击必不可少。意志坚强、心怀感恩的人会把这些当作宝贵的人生财富，而意志薄弱、忘却父母养育之恩的人才会视为负担，甚至成为逃避生活的最好借口。逃离尘世，不是勇敢者的作为，是对父母大的不孝，也是对自己和社会最大不负责任。不要忘记，你的身边从来就不缺乏关心你的人。药我拿走了，不要找了。赶快回教室学习，老师等着你，同学等着你，大学的门为你敞开，美好的生活在向你招手。回去吧，孩子！一个默默关爱你的人。

看着看着，他心里一阵惶恐，一阵羞愧。那一刻，他清晰地听到，一股暖流在心里淙淙流淌，发出清脆悦耳的声响。蓦地，两行热泪从他那张18岁瘦削的脸颊上滚滚而下，一串串，砰——砰——砰，滴落在脚下的小河里，开放成一朵朵美丽的小花。

这时，一群小麻雀叽叽喳喳欢叫着从头顶上飞过，一起落在一棵大树上，又呼朋唤友似的叫着，朝那边的苹果园飞去。蔚蓝的天空中飘荡着一朵朵洁白如棉花团似的白云。不远处的麦田里，附近村子的农人弯着腰，一下一下锄草、追肥……

丁零零，上课铃响了。他拽了拽衣角，拿掉挂在衣服上的一根小草，快步向教室走去……

20年后，已是大学教授的他应母校邀请回校做报告。面对数千名师生，他动情地讲述起18岁那年发生的那段灰色青春往事，

57

讲起那位至今不知是谁的好心人压在青石上的纸条……

感谢教我的老师，感谢母校，感谢那位悄悄拿走药瓶留下字条的好心人……他深情地说着，深深弯下腰，鞠躬再鞠躬……

台下，他当年的女班主任眼含热泪，微微地笑了。她在心里说：孩子，你知道吗？拿走药瓶的是不是别人，是我的老母亲。她是一位退休老师，当年来我家帮我带孩子。她无意中听说了你的情况后，坚持要悄悄帮助你。每当饭空、午休时间，我母亲总会拿个小板凳，坐在校园大树下，悄悄朝教室处张望。那天中午她发现你情况不对，为了防止被你认出，她把自己打扮成村里剜野菜的农民，悄悄跟踪你，并且趁你进果园的时候拿走了那瓶药，留下了那张字条……妈妈，您老人家的心思没有白费，您的在天之灵可以告慰了……

总能找出我错题的男生

谁也不愿意和张大力换试卷，原因很简单，他的卷子几乎都是"白茫茫一片大地真干净"——一道题也不做，全空着，或者胡写乱划。所以，张大力几乎从来没有批过别人的卷子，别人也没有批过他的卷子。

那年，我十四岁，上初中二年级。历史是所有学科中学得最好的一门课，几乎每次历史考试与学科竞赛都是班级第一。课上老师提问，我的回答几乎就是标准答案。虽然被同学戏称"历史通"，可我却知道谦虚使人进步的道理，于是更加勤奋学习。所以我的人缘很好，同学老师都很喜欢我。

第一辑　草儿青青，梦长长

与我形成鲜明对照的是他——张大力。他那时在我们班的最后排，坐在靠角落的座位上。个子高高、学习却很差。他外表看起来虽然和别的同学没什么明显不同，实际却有些智力低下。只是由于他母亲生他的时候难产挤压了大脑，落下后遗症的缘故。不仅如此，他见人很怕羞，不怎么和人说话。平时没人主动跟他说话，也没人愿意跟他同桌。老师检查作业也不检查他的，总是象征性地说一句"嗯，要好好做好好学"就算过去。从初一到初二他始终一个人坐在那里，显得那么孤单落寞，不合群。

初二下学期的时候，换了一位历史老师。这位老师很注重学生学习效率，喜欢当堂学习新课当堂检测。试卷都是课堂上老师说答案同桌交换批，或者打乱次序全班同学换着批。谁也不愿意和张大力换试卷，原因很简单，他的卷子几乎都是"白茫茫一片大地真干净"——一道题也不做，全空着，或者胡写乱划。所以，张大力几乎从来没有批过别人的卷子，别人也没有批过他的卷子。

正处在青春期的我，说不清是出于同情还是什么原因，突然有一天觉得老师同学这样做对张大力很不公平。那天的课堂检测，老师照例让同学互换试卷批。我却突然站起来，提出要和张大力换着批。同学们都愕然了，同桌甚至将手放在我的额头问我是不是发烧糊涂了。老师也是一愣，但很快就同意了我的要求。

在张大力惊愕和将信将疑的目光中，我俩交换了试卷。我看到，张大力接过我的卷子的那一刹那，一双手有些抖抖的。张大力的卷子上画满了弯弯曲曲的公路还有一座小桥，真想不到，他的小桥居然画得有模有样。批阅的结果可想而知，我的怎么给他的又怎么被传回来。他的试卷则被我工工整整重做了一遍。

第二次交换试卷批阅，同学都劝我不要浪费时间跟张大力换了，我却固执地坚持跟他换。第三次、第四次我都坚持和他换着看。虽然我的卷子他几乎每次都原封不动地给我，他的我却都一道题一道题地纠正好。

几次下来，我发现张大力开始变了。从来不愿学习，课下更没见他翻阅历史课本的他开始看历史课本了，也知道勾勾画画了。

更让老师和同学惊奇的是，在一次批阅我的试卷时，张大力居然发现了一个错别字，"隋炀帝"的"炀"字写别了。他看起来非常兴奋和激动。我的试卷也因为这一个重要的名字有错字而失去了课堂检测第一的位次。那个第一次取代我的女生眼神看起来非常激动。我却心里很坦然，更没有丝毫责怪张大力的意思。

从那以后，张大力隔三岔五地找出我试卷上的问题，有时是一个人名写错了，有时又是一个地名不对，有时是简单的对号差号疏忽了。老师对我的学习开始不满，多次找我谈话，委婉地劝我离张大力远点。父母也很为我的学习着急上火。我却依然我行我素。

半个学期过去，期中考试，张大力第一次没交白卷。那次历史考试他居然破天荒考了20分。创造了上初中以来他第一次有了历史分数的记录。而我以拉下第一名8分居班级第二。

那次考试似乎让张大力的父母看到了希望，奖励给张大力一辆崭新的自行车。

从那之后，张大力的学习劲头更大了，人也变得开朗，愿意主动跟人交流。每次换着批卷子，他还是总能找出这样那样对我而言是多么低级的错误。每次他都那么兴奋激动。期末考试，张大力居然石破天惊地丢掉了全班倒数第一的"红椅子"，进入倒三的位次。

就在那个学期结束的假期，因为父亲工作变动的缘故，我转学到了另一所初中。从此便再也没有见过张大力——那个总能找出我差错的男生。

再次见到他是在二十年后的初中同学聚会。张大力长得更加高大魁梧，和父亲一起经营那个规模不算小的家族企业。席间，大家一起频频碰杯，一起回忆走过的初中岁月，回忆当初发生的那些点点滴滴。酒酣耳热之际，张大力端着酒杯，走到我的餐桌前，不无自豪地说，历史通，当初，你的试卷我可总能找出差错……

我微笑着点点头，说，谢谢。

不，说谢的人应该是我。来，干一杯，谢谢你当年和我换着批卷子。张大力说着，一口猛地干了一大杯。我看到，那一刻，他的眼睛红了。

我的眼睛也湿润了。我知道，张大力其实早已经明白，他找出的那些错题，其实都是我故意写错的。

最后走的男生

他想起作家野莽说过的一句话：教书是一件多么危险而又多么幸运的事！他想对他的同事，对所有为人师者说：教师，不仅仅是一种职业，更应是爱的代名词。

期末最后一场考试还在紧张进行。校门口的大路两旁，停满了各种各样接孩子回家的大车小车。家长们或坐在车里，或在大路两旁走来走去，或趴在校门口的栅栏上……一双双眼睛无一例外地望着校内，望着考场，望着……

丁零零，考试结束了。十几分钟后，几百名学生肩上扛着，手里提着鼓鼓囊囊的大包小包，表情不一地走出校园。旋即，宽敞的校门口被喧嚣、热闹和浓重的亲情所牢牢包围。

校门口西侧的角落里，站着一个个子矮小的男孩，背着一个大书包，

61

每一棵小草都会有春天

宽大的背带深深压进肩膀，一手扶着一辆破旧的自行车，车上绑着一个用被花单装着被子的包裹，眼睛茫然地望着

眼前喧嚣的人群。

"赵子龙，怎么还不走啊？"

"不急，我爸爸说好了来接我。"那个在角落里的男生说。

"赵子龙，都快走光了，你咋还在这里？"

"没事，我姐说来接我，我在这里等一会儿。"男孩说着，赶紧低下头。

……

潮水很快退去，偌大的校门口顿时显得空旷无比。站在校门西侧角落里的男孩，眼睛里雾蒙蒙的，谁也猜不透他心里想什么。

男孩不知道，此刻，教他历史的郑老师正站在办公室的那个窗子前，默默地望着他。

男孩最后望了一眼校园，然后推着车子，沿着那条并不算宽的乡村公路，弓着腰，用力推着自行车，慢慢往西走去。也许是包裹太重了，也许是男孩力气太小，自行车很不听话，走起来歪歪啦啦，包裹几次掉下来男孩只得重新停下捆住。

男孩正低着头吃力地走着，突然觉得车子轻了许多，走起来也稳当了，男孩很奇怪，扭头一看，顿时愣了，只见历史老师正一手推着一辆自行车，一手用力推着他的车子。

"老师，您——"男孩又纳闷又难为情地说。

"子龙，你的铺盖太沉了，我有事去赵家村，正好和你顺路，来，咱俩一块走。这样吧，咱俩换过车子骑，你骑我的，我骑你的。"郑老师微笑着，说着去推赵子龙的车子。

"老师，不用，我能行。"赵子龙推辞说。

"别说了，来吧。"郑老师说着，不容分说地推过赵子龙的车

子骑上。赵子龙一边感激地看着郑老师,一边犹豫着骑上老师的车子。

赵子龙的家在村头上。赵老师换过车子,嘱咐他利用假期好好复习,争取下学期取得更好的成绩,然后骑上车子,很快消失在路的那头。

十几年后的一天,即将退休的郑老师正在办公室看报,收发室的老师给他送来一封厚厚的信。郑老师摘下眼镜,靠近信封仔细看着地址,这是一封来自以名牌企业策划室的信。郑老师纳闷了:谁给的信?郑老师想了半天也没想出会是谁。他拿一把小刀,小心翼翼地切开信封的一端,先看了一眼落款,"赵子龙"三个字赫然涌入眼帘。

赵子龙?是他?郑老师脑海里浮现出很多年前他送赵子龙回家的那一幕,想起教他的那些日子……

那年,教初二历史的刘老师病了,学校让在教导处工作的郑老师接替教历史。在一次翻看学生作文时,无意中看到班上一个叫赵子龙的学生写的作文。得知赵子龙父亲病故,母亲改嫁远走他乡,赵子龙和爷爷奶奶一起生活。真是一个不幸的孩子。郑老师心里涌起一种异样的感觉。从此他开始有意无意地关注起这个其貌不扬,但学习特别勤奋刻苦的男生。

那次期末考试结束,郑老师站在办公室的窗前,透过那道铁栅栏,他无意中看到赵子龙正站在校门口一侧的角落,从他的举动中郑老师敏感地意识到这个孩子一定心里有事。那一刻,他想起了很多年前的自己,也是这样的学期末结束,父母离异的他扛着一大包被褥,一个人孤零零走在回家的山路上,那种心情……想到这里,郑老师眼圈红了,于是便有了他佯装有事去赵子龙前面那个村子,顺路帮赵子龙送铺盖的故事。不知不觉都十几年了,真实时间不等人啊!郑老师揉揉眼睛,慨叹道。

每一棵小草都会有春天

他开始从头展读这封信：老师，您还记得我吗……在那个凄苦的期末，看着别的同学的父母来接他们的孩子，那一个个温馨甜蜜的场面让我既羡慕又嫉妒，心里别提有多难过，那时我决定退学回家，远走他乡打工……后来我才知道，是您故意帮助我，您的一双温暖的手焐热了我的一颗冰冷的心，让我重新燃起对生活对未来新的希望……我大学毕业后，顺利找到了工作……

读着这封情真意切的信，郑老师脸上露出幸福的笑容。他没想到，当年自己出于同病相怜，抑或是一个教师的天职，做出的一个小小的善举，却挽救了一个"最后走"的孩子的心，成就了一个孩子的未来，他想起作家野莽说过的一句话：教书是一件多么危险而又多么幸运的事！他想对他的同事，对所有为人师者说：教师，不仅仅是一种职业，更应是爱的代名词。

往前走，总能走到春天里

他知道，人生也有四季，也有春夏秋冬轮回。但母亲的那两句话让他往前走，总能走到"春天里"。

他是独子，曾有个幸福的家庭，父亲常年在外打拼，母亲居家照料家务，照顾他上学。他那时正上高一，学习成绩屡次年级第一，北大是他最心仪的目标。父亲的突然离世，犹如天塌地陷，让他和母亲跌入深渊。母亲痛不欲生，整日以泪洗面。丧父之痛，让他的内心失去了平静和安宁。他天天神情恍惚，学习倒退。

处理父亲的丧事和清偿债务让他家陷入清贫之中。为了供养

第一辑　草儿青青，梦长长

儿子上学，母亲决定出去找份活干。几经周折，母亲找了一份在景区当清洁工的工作。那是一个 AAAAA 级风景区，林木茂密，每天人流不断。母亲每天的任务是负责打扫从山门到山顶台阶上的树叶和垃圾。活看起来并不很累，但每天沿着几百阶台阶走四五个来回，这对患有关节炎的母亲来说是个严峻考验。他很为母亲的身体担忧，就怕哪一天母亲出事。他曾生出辍学回家帮衬母亲的念头，可始终没有敢说出口。他的一颗心七上八下，总学不进去，成绩一退再退。

那是初冬的一天，双休日，一大早母亲便要他和自己一起上山打扫卫生，说这几天风大，树叶落的多，她一个人忙不过来。这是长这么大，母亲第一次主动吩咐他干活。

母亲在前他在后，母子俩推着小车扛着扫帚走向景区。那几百个台阶蜿蜒在山道中，如同一条蟒蛇。他发现，台阶上的树叶并没有像母亲说的那么多。俩人从山门开始，一个台阶一个台阶，一直扫到山顶。母亲今天的心情不错，和他不停地聊天。这是父亲去世后母亲第一次说这么话。他有些纳闷。受母亲的感染，他的心情也似乎轻松了许多。母亲站在山顶的一块巨石旁，神情专注地望着巨石下的山坳发呆。他很纳闷，担心母亲想不开，赶紧趋前一步。母亲对他微微一笑，抬手指着山下。顺着母亲的手指看去，那里视野开阔，有一大片树木，树叶落尽，光秃秃的一片，没有了夏日的生机与活力。

母亲说："别看现在那里一派萧条，等熬过了深秋和严冬，来年春天又会发芽吐绿。这里又将是最美的一处风景。这人啊也是这样，咬紧牙关，挺住，往前走，总能走进春天里。"他注意到，母亲说这话的时候像换个人似的，目光深邃，表情刚毅。

"往前走，总能走进春天里。"回味着母亲的话，他恍然大悟，

每一棵小草都会有春天

母亲是借帮她打扫卫生之名故意说给他听这番话的。他并不知道，就在几天前，他的老师找过他母亲。那一刻，他心中萌生出一股巨大的热流，他知道自己该干什么。

回校后，他发奋学习，分秒必争。每当成绩一时不如意或情绪波动的时候，一想到母亲的那句"往前走，总能走进春天里。"心中便生出无穷的力量和希望，如一盏明亮的灯照耀着他，引领他夜间前行的路。一个学期后，他的成绩再次跃居全年级第一。

两年后，他如愿以偿，考取了北京大学，成为母校建校以来第一个北大生。

四年后，大学毕业，他放弃读研读博的机会，顺利找到一份工作，开始赚钱养家。可母亲始终不肯辞去那份景区清洁工的工作。

在单位，领导对他这个北大高才生高看一眼，寄予无限期望，可最初工作并不顺利，他开始怀疑自己除了能学习还能干什么，连领导交办的任务都完不好。他又焦急又羞愧，心里备受煎熬，情绪极其低落。

那个夏天，他歇了年假，回家看望母亲。第二天一大早，母亲让他和自己一起去景区清扫垃圾。母子俩和几年前那次一样，从山门扫到山顶。母亲再次来到那块巨石旁，指着上次让他看的那片树林。此时正值盛夏时节，那里满眼苍翠，景色宜人，凉风习习，阵阵松涛送入耳鼓。这是他从没看过的浓绿，一种激动和震撼的感觉涌上心头。

"儿呀，还记得吗？那年初冬你来这里，树木凋零，一片萧索，你再看到了夏天，这里草木茂盛，重新焕发了勃勃生机和活力。这人啊也是这样，熬过冬天，走下去，总能走到勃发的春天和生机盎然的夏季。"刹那间，他理解了母亲苦心，再次鼓起勇气。

返回单位后，他认真反思经验教训，克服浮躁骄傲情绪，虚心学习，工作终于一点一点有了起色。他的能力得到领导的赏识和同事们的认可，不久他被提拔到中层领导岗位。照这样发展下去，前途不可限量。他开始有些自满和骄傲。

又是一个夏天。一天，还在景区干清洁工的母亲，再次把他带到山顶那块巨石旁，看着山坳里满眼的苍翠，耳听阵阵松涛声，母亲说："儿呀，还记得吗？我第二次带你来这里的时候正和现在一样，也是夏天，看到的也都是满眼的翠绿，可是你还记得第一次来的时候看到的是什么？树叶凋零，一派萧索，何等凄凉。这人啊，也会这样，在生机盎然的盛夏之后，前面有可能是风雪交加寒气逼人的严冬。你再看这些树多智慧，每一棵都抓住眼下雨水充沛的大好时机，努力扎根长粗，让自己长得更加茁壮，以便抗击未来的严冬。"那一刻，他的脸倏地红了……

以后的几十年里，他先后担任过局、县、市不同岗位的重要职务，也曾一帆风顺、春风得意的时候，也曾遭遇过风风雨雨、磕磕绊绊。但每当身处逆境，他总想起母亲的那句"走下去，总能走进春天里"；而每当顺境的时候，他又总想起母亲的另一句"走下去，可能会走到冬天里。"他知道，人生也有四季，也有春夏秋冬轮回。但母亲的那两句话让他往前走，总能走到"春天里"。

生物书 57 页

面对眼前这张真诚的脸，我还能说什么呢？我噙着泪水，重重地点了点头，一字一顿地说：生物书——57 页——

每一棵小草都会有春天

那年,我在城关中学上初一。我们班共有56名同学。我是班里最调皮捣蛋的一位,经常三天两头惹个小麻烦,班主任和老师们都很头疼,可拿我一点办法也没有。好在我学习很好,每次考试名列班级前茅。老师也有意无意的迁就。

期中考试后不久,班上新转来了一个男生,叫赵大壮,个子不高,胖胖的,两道眉毛稀稀拉拉。人却不怎么精明,憨呼呼的,说话也有些结巴。他的样子让我一下子想起刚学过的生物课本第57页上的那个插图:画面上是一个得了白化病的男孩,胖胖的,头歪歪着,有些弱智的样子。正巧,赵大壮又是班里第57名学生,我便在心里悄悄给他起了个外号——生物书57页。

课堂上,我趁老师不注意,撕了若干张纸条,分别写上生物书57页,传递给每个男生。大家心领神会,都捂着嘴巴笑了。我庆幸自己真是个起外号的天才。

课下,男生们都朝他指指点点,甚至有的当面喊生物书57页,喊完大家都吃吃地笑。他却茫然无知,也跟着咧着嘴巴笑。

第二堂课,语文老师点名。点完,老师问还有没有没点到名的?没等赵大壮答道,我拖着腔调高声喊道:还有一个——说到这里,我故意停顿下来,朝那些男同学看了一眼,大家心领神会,立即异口同声地喊起来:生物书57页!

语文老师愣了,什么什么?生物书57页,捣蛋!老师话音未落,赵大壮忽地站起来,说,老——老师,还有我,赵——大壮!

你是新来的?叫什么?老师弯下腰问道。

我叫——

生物书57页!没等赵大壮说完,我们再一次一起喊起来。语文老师这时弄明白了。脸一沉,严厉地批评说,不要给乱给同学起外号,这是极其不尊重人的行为……

第一辑　草儿青青，梦长长

从那堂课开始，赵大壮这才知道自己在班里还有一个名字：生物书57页。

第二天，赵大壮没来上学。我们的好奇和淘气心理正旺。赵大壮没来，心里都感觉少了点什么。我们猜想赵大壮一定是病了或者家里有什么事。一连三天，赵大壮都没来上学。这令我们很奇怪。

周五那天，班主任把我叫到办公室。我这才知道，赵大壮没来上学与我有关。原来，语文老师明白了赵大壮绰号的那天，赵大壮回家翻开课本，找到了生物书57页，明白同学们都在奚落他。他哭着闹着不上学了，家里人怎么劝他都无效。班主任去做工作也没成功。班主任叹了口气说，你知道吗？赵大壮的母亲是个哑巴，父亲个子很矮，靠打工养活一家人，赵大壮三岁那年发高烧才变成这个样子的。

我听了感到很羞愧。我这不是落井下石幸灾乐祸吗？太不仁道了。我眼巴巴看着班主任，听候发落。

解铃还须系铃人，你是罪魁祸首，现在只有你们几个男生想办法了，请不回大壮……哼！班主任撂下这句话，下达了最后通牒。

我们几个男生想破脑袋也没想出什么好办法，最后只好赶鸭子上架，硬着头皮去了赵大壮家。我们又是赔礼又是道歉，最后又下了保证：以后再也不叫生物书57页了，骗人是小狗。并和赵大壮拉了勾：拉钩上吊一百年不许变！赵大壮这才破涕为笑。

赵大壮回来了，我们都松了一口气。可我们都不喜欢他，下了课不愿跟他玩，他问我们问题我们也懒得回答。他成了一只失群的鸟，孤独极了，常常一个人躲在角落里发呆。

这天，班主任又找到我，和我谈心，并交给我一项任务——让每一个男生都和赵大壮交朋友，并安排赵大壮和我同桌。只要你能和他交朋友，改变现在的这种局面，期末评三好优先考虑。这可是对我很有吸引力的事情。之前我爸爸说过，只要我能评上三好生就

每一棵小草都会有春天

给我买一辆山地自行车。

我虽然一百个不乐意,可为了那辆梦寐以求的自行车也只能无可奈何地答应。

我开始试探着跟他交往。他遇到不会的问题我便主动教他。谁若不小心叫他那个外号,我会挥起拳头佯装教训的样子。显然,我的这些努力收到了明显的效果。班里不少男生都陆续与他交往。渐渐的,大家都已经忘记了他是一个弱智生。现在他已经完全融入到我们这个班集体中。

有一天,他突然对我说,魏鹏,你……再叫我一声……生物书57页好吗?我吃了一惊,愣愣地看着他,用手摸着他的额头,没发烧吧?

他结结巴巴地说,我没病……我……我就想听一声生物书……57页……他恳求似的说。

为什么?

因为……我是最后来的,咱们班第57名同学。我喜欢我们的班级。还有,我……我喜欢生物课,将来我要当一名生物老师,让我的学生学到很多很多新知识……

这是那个赵大壮吗?我愣了。我分明看到这是一个和我们一样有着理想和梦想,对未来有着美好憧憬的学生。

面对眼前这张真诚的脸,我还能说什么呢?我噙着泪水,重重地点了点头,一字一顿地说:生物书——57页——

第一辑　草儿青青，梦长长

做不了豆腐，就做豆腐渣

如果你一时成不了大豆腐，就踏踏实实做豆腐渣吧。天生我材必有用，只要心不死，只要肯付出，一样可以取得成功，最终收获人生的辉煌。

他曾立志考上名牌大学，他是全班全校公认的最勤奋的学生，可成绩总是不理想，每次考试，不是班级倒数第一就是倒数第二，而且总有三四门功课"挂红灯"。不少学生讥笑他。他很苦恼，认定自己天生就是猪脑子，不是考大学的料。

他曾想当作家。为此天天写日记，大量看书。可看过之后就忘，脑子里啥也装不进去。日记写了几十大本，学别人那样偷偷摸摸往报刊投稿。写了十几年，除了偶尔在地方小报小刊发个一两个豆腐块之外，基本没有什么收获，连地方作协都加入不了，离作家的梦相隔十万八千里。

他曾想当一名画家，央求父母给买了纸墨，每天不停地涂鸦，纸张没少用，画出的东西根本没人认可，当画家只能是镜中月水中花，遥遥无期。

他曾天真地想当不了大学生，当不了作家、画家，当个将军也行。于是，高中毕业他参军当了兵。可他学历低，考军校没资格。两年后，退伍回家。将军梦从此高高挂在天上。

回家后方知，自己很多当年没考上大学的同学复习了一年两年都考上了大学，即便在家里干的不少发了大财，买了房子，开上了车。有几个有了自己的公司当了老板。而他,除了体格强壮之外什么也没有。看着白发苍苍的父母亲,他很沮丧,很自责,工作懒得找,地里的活不愿干,待在家里无所事事,浑浑噩噩地过日子。

父母亲看在眼里,天天为他睡不着觉,背后不知流了多少次泪水。

这天,太阳老高了,他还赖在被窝里睡觉。母亲把他叫起来,要他和自己一块做豆腐。豆子是昨天晚上泡好了的。他很不情愿地在前面挑着担子,母亲在后跟着,去磨豆子。回家后母亲舀豆汁,他用布袋压浆水。压完的废料豆渣放在一旁的铁桶里。母亲和他忙碌了整整两个多小时,豆腐做好了。刚出锅的豆腐盛在瓷碗里,摆在桌子上,热气腾腾,白花花的,鲜嫩无比,满屋里飘荡着豆腐的香气。他美美地吃了一顿,心情好了些。他提起桶,想把豆腐渣倒了喂猪,被母亲制止了。

他不理解地问为什么不让倒。母亲只说了句:有用。

晚饭,母亲做了豆腐渣炒萝卜。他想吃豆腐。母亲不让,说,今晚都吃豆腐渣。他勉强卷了一个煎饼,没想到,豆腐渣居然很好吃。他一口气吃了两大包煎饼卷豆腐渣。

第二天,母亲用豆腐渣和面做成馒头。他又想吃豆腐,又被母亲阻止了。无奈,他只好吃豆腐渣馒头。又是一个没想到:豆腐渣馒头居然这么好吃,别有一番味道。

第三天,母亲用吃剩的豆腐渣发酵做豆腐渣酱……

当豆腐渣处理完了,再回来吃豆腐的时候,那些豆腐已经发霉了,只好和豆腐渣一样做成大酱。他不明白,母亲为什么放着好端端的豆腐不让吃偏偏吃豆腐渣?而且母亲那么节俭,却白白糟蹋了一锅大豆腐?带着疑问,他问父亲,父亲说问你母亲。

母亲拢了拢花白的头发,语重心长地说:豆腐渣和豆腐虽然都是豆子做的。豆腐人人爱吃,还摆在桌上。豆腐渣没几个愿意理的,可你知道吗？豆腐渣也有豆腐渣的味道，豆腐渣的清香，豆腐渣的用场。孩子，这人比人气死人，做不了大豆腐咱做豆腐渣也行……

母亲的话如醍醐灌顶，顿时醒悟过来。

那夜，他做了一个梦，梦见自己又回到小时候，那次他和小伙伴们一起在村头的烂石堆里垒墙，用泥巴抹墙，他得了第一……

第二天，他理了发，穿戴整齐，乘车去了小城。几天后，成了一个建筑工地上的抹灰工。他干得非常认真、仔细。三个月后，公司举行技能比赛，他从几十人中脱颖而出，夺得抹灰项目冠军。他抹的墙又亮又光滑、平整。公司提拔他担任了副队长。

他开始主动学习抹灰之外的其他技术，从最基本的砌墙、扎脚手架等做起。一年后，他很快成了全公司的技术能手。

两年后，他被公司老总提拔当了副经理。

十年后，他自己牵头注册成立了一家建筑公司，当了老总。

经过二十年的发展壮大，现在，他已经成了一家拥有职工三百人，资产过亿元的公司，成了当地建筑企业的龙头老大。他事业有车有别墅，成了很多人眼里的企业家、成功人士。不少企业、学校请他去做报告、演讲。

每次，他都会深情地讲起多年前，母亲和他一起做豆腐的情形，讲起那一桶豆腐渣和那包发霉了的豆腐，讲起母亲的良苦用心。母亲用一桶做成各种花样食物的豆腐渣向他说明了一个道理：豆腐有豆腐的营养和美味，有自己的荣光和体面，虽然豆腐渣上不了大台面，可豆腐渣也有豆腐渣的营养，豆腐渣的用途。如果你一时成不了大豆腐，就踏踏实实做豆腐渣吧。天生我材必有用，只要心不死，只要肯付出，一样可以取得成功，最终收获人生的辉煌。

最后的来信

她读着信，泪水潸然而下。她"扑通"一声，跪倒在地，哽咽着，如喷发的火山，喊着："爹——"。霎时，一股殷红的鲜血从她美丽的紧咬的嘴唇上汩汩流出……

她一直觉得，他不是她的亲爹。

上小学的时候，放学了，别的孩子爹妈来接，总是先接过沉甸甸的书包，再热热地亲一下，然后让孩子坐在摩托车或自行车上搂着腰，一路春风地往家走。他却自顾自地推着自行车，让她自己背着书包，跟在后边走，走慢了还要拉一下脸：快点！看着别的孩子和父母有说有笑，时不时撒个娇，她心里别提有多羡慕。有时她也想对他撒个娇，可她不敢，她怕。她甚至无数次在梦中梦见自己坐在自行车后座上，紧紧搂着他的粗壮的腰，歪着头，高高兴兴地说着一天里班里发生的那些事，还有那些小秘密。有几次她幸福地笑了。醒来泪水打湿了枕头。

上初中了，老师让每个学生要报一样特长，比如音乐、舞蹈、绘画、书法、写作什么的。她从小喜欢画卡通画，梦想当一名图书报刊的美术编辑，每天坐在宽敞明亮的办公室里，给堆积如山的书稿配插图。她回家告诉他想学画画，没等她说完，他脸一沉：学什么画画，报田径，多练练胳膊腿的有用！她噙着泪水，看着他，希望他能改变主意，他却一扭头走了，只留下一个铁塔般的背影给她。她知道，在家里，妈性格懦弱，家里的大事小事都有他说了算。他的决定如同圣旨，

第一辑　草儿青青，梦长长

圣旨一下，不容更改。于是，田径场上，每天都会有一个瘦弱的小女孩，扎在一群男孩子堆里挥汗如雨地训练跳高跳远和长短跑。同学们都叫她"假小子"。有一次，她和几个男生掰手腕，结果那些纯爷们个个都成了她的手下败将，因此她又获得一顶"大力士"的桂冠。她几次还把欺负班里女生的男生揍了个人仰马翻。其实，她不想这样，她知道自己明明是个女生，不是男孩子，她和其他这个年龄段的女孩子一样，喜欢穿衣打扮，喜欢跟男生同桌，喜欢有自己的小秘密。可是在班里没有哪个男生愿意和她一趟桌，甚至有些女生也不愿意。她很孤独也很渴望。她知道，这一切都是拜他所赐。是他的那个决定让她成了假小子、大力士。

高二那年，母亲车祸走了。她痛不欲生，他却说，人死不能复生，活着的要好好活。她恨他的冷酷无情。要不是需要从他那里支取生活费学杂费，她甚至不想回家，不想看他一眼。放暑假寒假，她去了一家卖场当临时售货员。她的学业一如初中小学段一样优秀，体育锻炼也没落下。她长成一个既健康又美丽的大姑娘。走在路上，引来路人99.99%的回头率，那0.01%是偶尔擦肩而过的盲人。

高中毕业，她以优异的成绩考取京城一所名牌大学。第一个学年结束，她获得了一等奖学金。放暑假了她想早一点回家，把这个好消息第一个告诉他，可没想到却接到他的电话：别回来了，省点路费。语气坚决，一如当初他的那些决定，没有商量，不容置疑。放下电话，她哭了。哭得好伤心好伤心。她断定，他不是她的亲爹，一定不是，肯定不是，绝对不是。亲爹只有想孩子，痛孩子，爱孩子，照顾孩子。她牙一咬，整整一个暑假一次也没回来。

大二暑假，他娶了一个女人。他打电话让她回来。她要打工赚钱，也懒得回来，爱娶谁娶谁。

75

每一棵小草都会有春天

大学一毕业，她在京城找了份当美术编辑的工作，圆了自己从小的梦想。不久结了婚。他要来参加她的婚礼，她没答应。这么多年都不关心她，不在乎她，这回何必假惺惺。

儿子出满月的那天，她家的门铃响了。邮递员站在门口，递给她一封信。是他的。字迹歪歪扭扭，车郎爬一样。

她拆开，里面掉出一张存折，三万伍仟陆佰捌拾元整。

信上写着：

"女儿，这么多年爹这是第一次也是最后一次给你写信。爹知道，你从小到大心里一直恨爹，恨爹不关心你不疼你，可是你知道吗？你三岁那年得了一场怪病，医生说，很难活过十五岁。可爹不信这个邪，爹看过很多通过体育锻炼，增强体质，提高免疫力而活下来的报道。爹不想失去你，爹才让你小学时候跟在自行车后面跑，初中报田径训练；那年暑假，爹在建筑工地打工从脚手架上掉下了摔折了一条腿，爹不想让你看了难过分心，是在工地上做饭的张婶同情，我辞工照顾我整整三个月；你张姨心地善良，又没丈夫没孩子，我们才走到一起；你张婶回老家了，她没要爹的一分钱；这点钱是爹最后的积蓄，留给你。只要你过得好爹也就放心了……"

她读着信，泪水潸然而下。她"扑通"一声，跪倒在地，哽咽着，如喷发的火山，喊着："爹——"。霎时，一股殷红的鲜血从她美丽的紧咬的嘴唇上汩汩流出……

第一辑　草儿青青，梦长长

每一棵小草都会有春天

他对自己说着，眼睛逡巡着，慢慢靠近那辆摩托车，迅速弯下腰，"小伙子，来了"，耳畔突然响起一个声音。他身子一哆嗦，惊慌地抬头一看，是她！

他徘徊在医院里，眼睛时不时瞟一眼停在院里的那辆崭新的光阳125摩托车。此刻，摩托的主人正陪着孩子里面打针。他已经盯了三天了。前两次主人都把摩托车车头车尾用大锁锁着。这次机会来了，车主没有上锁。真是天赐良机。

今天来看病的人格外多，每个人都那么匆忙。只有东面墙脚处坐着一个白发苍苍的老太太，悠闲地来回摇着蒲扇乘凉。他逡巡着，慢慢靠近摩托车，迅速弯下腰，正要动作，"那个小伙子"，突然响起一个声音。他身子一哆嗦，猛地抬头一看，是她！那个在墙脚处乘凉的老人。老人拄着杖，正慈祥地看着他。

小伙子，过来，过来呀。老人微笑着，伸着干枯的手打招呼。仿佛被一股巨大无形力所吸引，他愣了愣，不由自主地走过去。

小伙子，过来坐坐凉快凉快。老人一边说，一边把身旁一个小凳子递过去。他很顺从地到墙根坐下。老人摇着蒲扇给他扇风。霎时，一种久违了的感觉涌上心头。自从父母去世，一个人在社会上流浪，他已经很多年没有这种感觉了。

老人干瘪着嘴，絮絮叨叨和他聊起了家常。奇怪的是，他一点也不觉得厌烦，反而听得津津有味，仿佛小时候夏日的晚上在大街

每一棵小草都会有春天

上听那个戴着眼镜当老师的邻居讲故事。

老人跟他聊了很多很多。聊着聊着,老人重重地叹了口气。他心里一紧,忙问,怎么啦?

哎,孩子,要是我儿子活着的话,现在我孙子也该有你这么大岁数了,可惜我没这个福气!老人叹息着,悠悠讲起儿子的故事。

原来,老人只有一个儿子,两口子拿着他像个宝,可这孩子不学好,跟人学会了偷。成人后,有一次团伙偷盗,害了两条人命,被判刑了重罪。老伴一气之下得病死了,自己眼睛都快哭瞎了……老人说着,眼泪从坍陷的眼窝里汩汩流出来。

老奶奶,真对不起,让您伤心了……他觉得眼前这个老人就是自己不从谋面的奶奶。他忙关切地劝慰老人。他突然发现,老人拿蒲扇的那只左手缺了食指中指两根指头。

都是做贼害苦了他。老人叹息着,恨恨地说。这人来世上一遭不容易啊,每走一步都要小心,要想一想自己那么做父母答应不?他们心里会怎么想……

说到父母他心里一酸,眼泪差点流出来。他只觉得脸上像涂了辣椒,火辣辣的。

老奶奶别说了,我懂您的意思,谢谢您。他望了那辆摩托车一眼,羞愧地走出大院。

几天后,他再次来到医院。正巧,那辆摩托车还在。他四下里看了看,没人注意他,更值得庆幸的是,那个摇蒲扇的老人也不在。

这是最后一回。他对自己说着,眼睛逡巡着,慢慢靠近那辆摩托车,迅速弯下腰,"小伙子,来了",耳畔突然响起一个声音。他身子一哆嗦,惊慌地抬头一看,是她!那个上次和自己聊了半天的老人正站在自己面前,慈祥地看着他。

第一辑 草儿青青,梦长长

他脸一红,狠狠抽了自己一耳光,转身快步离开医院。

老人悄悄跟在后边。

在医院不远的一个角落里,一个满脸横肉,腮上有一道长长刀疤的中年男子拦住他。"刀疤"手里拿着一把明晃晃的尖刀,步步紧逼。他一边战战兢兢地往后退,一边哀求说:老大,我……没完成任务……我真的厌倦了……我想过正常人的生活……求求您放过我吧。眼看无路可退了,尖刀就要刺到他的胸膛。这时,突然响起一声苍老的怒喊:住手!尽管这声音喑哑,却透着几分凝重。

是您!他吃惊地看着这个几分钟前跟自己说话的老人。此刻,老人目光威严,仿佛要喷出火焰。

年纪轻轻不干好事,对得起你们的父母吗?老人沉着脸说。

老东西,少管闲事!"刀疤"吼道,目露凶光。

他的事我管定了。老人说着,向前挪了一步。

知道我这两根手指是怎么少的?老人说着,伸出左右在"刀疤"面前晃了晃。

"刀疤"纳闷地盯着老人的手指,愣愣的。

我就是那个多年前为了教育儿子砍断自己手指的母亲!

怎么?是……是您!"刀疤"语气突然软下来,拿刀子的手慢慢放下了。

是我!

我……不跟一个老人计较……"刀疤"说着灰溜溜转身就走,身子一趔趄,差点被一块石头绊倒。

这时,巷子那头传来一阵急促的警笛声……

一年后,他在镇上一家工厂找了份工作,空暇时候经常提着大包小包,进出老人家住的那条小巷子。小巷子的人都知道老人半路上捡了个孝顺的孙子。

有一件事他不知道，老人的儿子当年就在这家医院偷盗时犯的事。为了不让青年人学坏，从儿子走了那天起，她就当了医院驻地一带的义务安全协管员。

七个苹果

小男孩笑了，接过那包苹果。趁小男孩不注意，我把那八元六角五分钱偷偷塞进他的口袋里……

他大学毕业后找不到工作，一咬牙，在一个偏远小城的十字路口旁摆起了水果摊。

这天下午，生意清淡，他百无聊赖地打瞌睡，朦胧中一个身影站在摊前。揉揉眼睛一看，只见眼前站着一个十二三岁的小男孩，穿着一身旧校服，一双明亮的大眼睛眼巴巴地看着案板上的水果发呆。

小同学，想买水果？叔叔帮你选。

噢——不！小男孩一愣，摇摇头，脸一红，跑了。

真是个有趣的小男孩。他摇摇头笑了。

第二天下午，生意似乎好了点。他正在给几个顾客称水果，只见人群中探出一个小脑袋，他一看，是昨天的那个小男孩。小男孩手里拿着攥着什么，眼巴巴地盯着案板上的那几个最大的红艳艳的苹果。

其他顾客都走了，小男孩还站在那里，眼睛紧盯着那几个苹果。

小同学，来买苹果是吧？来来来，这几个苹果又大又新鲜，便宜点给你。他热情地招呼着，拿出秤杆。

我……我……小男孩吞吞吐吐地说着，欲言又止。看一眼手里

第一辑 草儿青青，梦长长

的钱，脸倏地红了，一转身跑了。这次他看清了，小男孩手里攥着的是几张皱皱巴巴钞票。

这个小男孩为什么每次来都不买苹果，难道他的钱不够？抑或……他心里疑惑不解，莫非他是想偷水果不成？下次来我可要小心提放。

第三天下午小男孩没来，第四天下午小男孩也没来……这样一连过了四五天，他猜想小男孩一准是被他看穿了心思，不敢来了。

大约是第七天下午，小男孩再次出现在他的水果摊。他气喘吁吁地跑到摊子前，将手一摊，说，叔叔，我买苹果。他看到，小男孩的手里是一摞皱巴巴的一元、五角、一角的钞票还有一些七大八小的硬币。

我买苹果，要个头最大的，红的。小男孩激动地说。那种，对就那种。小男孩指挥着他拿案板上最大的那几个红玉苹果。

小同学，买苹果给谁吃？走亲戚？还是自己吃？

不，是给我爷爷……小男孩说着，突然眼睛红了。

怎么啦？小同学。

叔叔，您真的想知道？小男孩眼圈红红的，说。

有什么伤心事？说说，看叔叔能不能帮你。

从小男孩断断续续的讲述中他了解到，小男孩原本有一个幸福的家庭，可在他七八岁的时候，一场车祸夺去了他父母的生命。奶奶经受不住打击不久也去世了，家只剩下他和七十多岁的爷爷。爷爷天天起早贪黑捡破烂供养他上学。爷爷以前在村里是林果技术员，很喜欢吃红玉苹果，可从不舍得买来吃。他转了很多个摊子发现他那里有这种苹果。他几天，爷爷病了，病得很重，他想买苹果给爷爷吃，可家里没钱，他就偷偷去捡破烂。第一次来的时候，我赚的钱刚够买两个苹果，第二次我来刚够买四个苹

每一棵小草都会有春天

果……我想给爷爷多买几个苹果。没想到，爷爷在前两天去世了……可我还没有让他吃到最喜欢的苹果……我真是不中用！小男孩低着头，自责着。

听了小男孩的叙述，他这才注意到，小男孩的鞋上缝着一小块白布。

他的眼睛润湿了。

小同学，爷爷走了，你更要学会坚强……你这次买苹果是……

我听人说，人死了，可也一样会吃东西。我要把苹果供奉在爷爷的坟上，这样爷爷想吃苹果的时候就可以吃了。

你真是个小男子汉，你爷爷知道了你的心思会很欣慰的。这是七个最好的苹果，给你，不要钱。

那不行，爷爷说了不能白要别人的东西！

我的钱不够买这么多吧？我打听过了，这种苹果很贵的。小男孩犹豫着不肯接，这是八元六角五分钱，您一定要收下。不够的话，等我赚了钱再给您！

够了，这几天苹果便宜了，这些钱足够了。我还能赚你一元钱呢。说着，把价值十五元的红玉苹果塞到小男孩手里。

真的？不骗我？来拉钩！

不骗你，来，拉钩。

拉钩上吊，一百年不许变！

小男孩笑了，接过那包苹果。趁小男孩不注意，我把那八元六角五分钱偷偷塞进他的口袋里……

看着小男孩远去的身影，他再也抑制不住眼里的泪水。他想起了远在老家体弱多病的父母。

爱是需要及时表达的。他自言自语地说。

收拾好摊子，第二天，他坐上了返回老家的客车……

第一辑 草儿青青，梦长长

送您一枚红叶

他静静地久久地看着眼前这片红叶，眼前仿有无数团小小的火炬在燃烧，熊熊的火焰把初冬的丝丝寒意驱赶得无影无踪。

赵主任正低着头在校园里走着，边走边想心事。初冬来临，不少风景树的树叶变成五颜六色，有的变成火红，有的变成金黄，也有的半黄半绿，色彩斑斓，如同一幅泼墨画。优雅的校园因为有了这些天使般树叶的装扮更加美丽迷人。炫目的色彩吸引了很多同学、老师课下闲暇时间驻足树下、墙角观赏的目光，就连从校门口走过的路人也都伸长脖子看一眼那些树叶。

可是这几天，一种不和谐的音符掺杂其中，如同流感一样，悄悄在校园里流行。不少原本好看的树叶不见了，让有心观赏者平生出些许惆怅和失落，也生出不少牢骚和怨言。

不用说，一定是那些调皮捣蛋的学生给偷偷摘走的。老校长反复观察后得出结论。不行，这种不文明行为不能再任其蔓延了，必须赶快设法制止，一定要保护好这片招牌风景！校长向分管学生工作的政教主任赵主任下达了死命令。

赵主任是个温和型的人，他不想为这事在校园里弄得硝烟四起，草木皆兵。凭他的经验，攀折花草的往往不过那么几个人，要是找到这几个人好好教育教育也就行了。赵主任接连召开几次专题会，可屡禁不止。这让他很苦恼，走着坐着都在想着对策。

现在是中午时分，学生都在教室里午休。赵主任走在校园里，

每一棵小草都会有春天

无意中一抬头,发现东北角的小枫树林有一棵小树的叶子在晃动,立即引起了他的警觉,这么时候该不是有谁摘树叶吧?他放轻脚步,悄悄靠过去,仔细一看,哑然了,是一只老猫攀着树追赶一只小麻雀。

神经质!赵主任自嘲地笑笑,走出小树林,靠近草坪墙角处那丛茂密鲜红的爬墙虎吸引了他的目光。正午明媚的阳光洒满整个校园,将无数枚爬墙虎的叶子映照得更加鲜红动人,真是养眼啊!他下意识地朝着那片红走过去。猛然,有个人从墙角处一头钻出来,把赵主任吓了一跳。赵主任仔细一看,是一个个头矮矮的小男孩,从校服上看是初二学生。手里拿着一枚又大又红的藤叶,看到他一脸惊慌,拿藤叶的手不自觉地往身后藏。

好啊,真是得来全不费工夫,总算逮着一个摘树叶的了。赵主任心里一阵狂喜。想起校长的严厉要求和这几天的辛劳,赵主任沉着脸,真想好好训斥这个学生一顿。可看到他胆怯的目光,赵主任脑子里顿时回想起自己上小学五年级时那次挨批的情景。那一次,为了抬水方便,赵主任顺手在校园里折了一根粗树枝,正好被老师碰到,不问青红皂白劈头盖脸一顿批,委屈得他一连两天吃不下饭。那是他一辈子都难以忘怀的。

谁没有犯错的时候?何况还是孩子。赵主任心里警告自己。赵主任换了一副脸色,温和地问道,这位同学,在这里玩啊,巧了,我也是欣赏红叶的。

男孩也许是看到赵主任不那么严厉,表情开始放松起来,可还是保持着警惕,低着头说,好看,可是……我……

男孩说着打住了。

说说看,这么好看的红叶摘下干什么?带回去做书签?还是自己把玩？赵主任和蔼地问道。

老师，您……真的想知道吗？非要知道？男孩看着赵主任。

赵主任微笑着，用力点点头。

男孩告诉赵主任，班里有个女同学和自己是一个村的，他爸爸在外地工作。他俩从小一起长大。自己家里穷，女同学经常送给他本子、笔什么的用，这让他很感激。两人都梦想将来一起上同一所大学，做永远的好朋友。可是，女同学爸妈离异了，女同学判给了父亲，要跟着爸爸到很远的地方去上学，以后再也不会见到了。他伤心很留恋，想送给女同学点什么留作纪念，可家里实在太穷，买不起啥好东西。女同学最喜欢红叶，男孩就精心挑选了一枚最红最好看的爬墙虎的藤叶打算送给女同学……

老师，您……该不会说我俩是早恋吧？处分我吧？小男孩看着赵主任眼睛里紧张地说。

赵主任为男孩的坦诚和懵懂的友情所打动。他脑子迅速思考着，该怎样回答这个问题。

老师相信你们俩是纯真的，是美好的友谊，老师理解你，你做得很对，同学之间就要相互珍惜相互帮助。赵主任说着，从男孩手里拿过那枚红叶。小男孩心里一紧，闭上眼睛。

你摘的这枚红叶你可以亲手送给你的那位同学。

小男孩听到赵主任的话，连忙睁开眼睛，令他惊奇的是，赵主任手里居然有两枚鲜红的红叶。

老师，您……小男孩诧异地说。

老师也犯一回纪律，拿着，这枚红叶是我送给你的，为你的坦诚和对老师的一份信任，还有你们之间的同学友情。老师希望你能把这份美好纯真的感情永远珍藏在心底直到长大好吗？

男孩捧着两枚鲜红的红叶，眼睛里闪动着晶莹的泪花。他没想到赵主任非但没有暴风骤雨地批评他,甚至给他处分,反而亲手采摘下一枚红叶送他。

好了,上课时间到了,把红叶收好。赵主任轻轻拍了一下小男孩的肩膀说。

老师,我走了,谢谢您!男孩转身跑开,刚跑了几步又折回来。男孩气喘吁吁地朝赵主任深深鞠了一躬,然后朝初二教室跑去……

望着小男孩欢快的身影,赵主任脸上露出会心的笑容。他静静地久久地看着眼前这片红叶,眼前仿有无数团小小的火炬在燃烧,熊熊的火焰把初冬的丝丝寒意驱赶得无影无踪。

木瓜上的女人像

每天晚上,我都抱着那些木瓜甜甜睡去。虽然那些木瓜最终都坏掉了,可它们却都一枚枚地珍藏在我的心里,是您的那些木瓜让我重温了母爱,让我感受到了人间的温暖和真情……

这天,我正在办公室批作业。班长汤燕气喘吁吁地跑进来,上气不接下气地说:"老师,您快去看看吧,出事了!马志帅偷摘人家的木瓜被找上门来了。"

在教室门前,一个中年妇女正满脸怒地站在那里。见我来了气呼呼地说:"我是广场木瓜园的管理员,你的学生星期天偷摘木瓜,已经好几次了,老师您可要好好管管。以后再偷抓着我可不客气了!"。

昨天刚开了班会,专门强调了群众纪律,可今天就被人找上门,

第一辑　草儿青青，梦长长

这是明目张胆地对班主任的挑战。这不仅是班级的耻辱，更是我这个模范班主任的耻辱，是可忍孰不可忍！

"是是是，一定严加管教。"我一迭声地答应着。

送走来人，我立即把马志帅叫出来。

"你说，为什么偷人家的木瓜？你这是故意违反纪律给班级抹黑！"我怒不可遏地斥责道。

"老师……我……"他低垂着头，嗫嚅着。

"我什么我！把木瓜拿来！"我脸一沉，手一伸，脚一蹬。

这是三枚青皮木瓜，鸡蛋般大小，显然还没有成熟。令人不解的是，每枚木瓜上都写画着一个女人的头像，那女人嘴角微翘着，一脸慈爱。旁边写着一个大大的"爱"字，乍一看，像一个人在微笑。

"这小子搞什么名堂？莫不是早恋？"我拿着木瓜来回掂着，自言自语道。不过，我很快推翻了我的想法。因为这个马志帅长得矮矮的，背部还有些驼，学习成绩偏下，平时话语也不多，就他还早恋？还有，那个女人头像像个中年妇女。

"什么意思？"我指着木瓜上的图画和字，压低声音问道。

"我……我……老师……能不能不说……"他可怜巴巴地望着我。

"不行，必须说清楚！"我不容置疑地说。

"这是……"

从他断断续续的讲述中，我了解到，他父母感情不好，经常吵架打架。在他小学毕业前夕，母亲离家出走了。那天早晨汤志帅一觉醒来，在床头发现了十几个鸡蛋大的青皮木瓜。他很高兴。他从小消化道不好，母亲每年秋天都要给他想方设法搞到一些木瓜给他泡糖吃。但起床后，却发现母亲不见了，从此没有了任何消息。

87

每一棵小草都会有春天

刚开始那段日子他恨透了母亲，恨母亲狠心抛下他不管。升入初中以后，尤其是每到星期三或者天气一变，别的同学的父母都会到校给送吃的喝的送衣服，心里非常羡慕。他开始想念母亲。夜里常常看着那些木瓜偷偷哭泣……自己之所以去偷木瓜，一来是怕人家不给，更主要的是他想到那里重温那份远逝了的母爱。偷来的木瓜他一个也没舍得吃……

听了马志帅的故事，我心里一阵心疼。这是一个多么不幸，感情多么丰富、细腻的孩子！我不由地想起我自己的身世。那一刻，我深深体悟到他内心那份对母爱的渴望！面对这样一个孩子，我还能说什么呢？

我站起来，轻轻拍着他的肩膀，帮他轻轻拭去脸上的泪水，紧紧拉着他的手，久久没有放开。

当天，我去了一趟广场木瓜园。

第二天中午，我将一碗拌了白砂糖的木瓜亲手端到教室，小心翼翼地递到马志帅的手里。那一刻，我看到的是一张满含惊喜和感激的脸。

从那天起，马志帅每天都能吃到一小碗我亲手拌的木瓜。也就是从那天起，我明显发现，马志帅变了。上课第一次认真听讲，第一次能独立完成作业，课下主动打扫卫生，成了老师同学都很喜欢的学生。

两年后，马志帅以优异的成绩考取了县重点中学。虽然，我不能亲自给他拌木瓜吃，可每到秋天，我总想方设法搞到几枚木瓜送给他。这些木瓜有的是我到超市里买的，有的是到广场向管理员要的，更多的是我到田野里亲手摘的……

三年后，马志帅以高出重点分数线近一百多分的成绩考取了京城一所著名大学。几年后，他又考取了哈佛大学公费留学生。

第一辑　草儿青青，梦长长

前不久，我收到一封来自美国的信，信中马志帅写道："尊敬的老师，您好！……有一个小秘密一直藏在我心里，您还记得那次我去偷木瓜被找上门的事吗？我那时有个计划等偷够50枚木瓜就辍学流浪社会，甚至想到去当小偷……是您及时挽救了我……还有一件事您不知道，在我升入高中后的三年里，您给我的那些木瓜果我一枚也没舍得吃。我给它们一一加了编号，每一枚上都画着一张您的笑脸。每天晚上，我都抱着那些木瓜甜甜睡去。虽然那些木瓜最终都坏掉了，可它们却都一枚枚地珍藏在我的心里，是您的那些木瓜让我重温了母爱，让我感受到了人间的温暖和真情……"

读着读着，我的眼睛润湿了……

两个人的秘密

以后的日子里，赵小胖果然没有食言，不但渐渐遵守纪律了，并且学习也认真了。初三毕业，考取了县重点中学。这期间，马老师一直保守着那个属于两个人之间的秘密。

眼看着家长会预定开会时间到了，可赵小胖的家长迟迟不见人影！马老师站在教室门口，不停地看着手表。

这个赵小胖啊，怎么搞的！提起赵小胖，马老师就烦头痛，学习不认真，上课调皮捣蛋，经常给班里惹麻烦。难道他这次知道自己表现不好，没敢回家说开家长会？再过三分钟，就三分钟，不来就不等了。马老师下定决心，低头看了一眼手里的讲话提纲。

89

每一棵小草都会有春天

老……老师……我……我爸爸来了。马老师猛地抬头一看，只见赵小胖和他爸爸正气喘吁吁地站在跟前。

咦？别看赵小胖长得不怎么样，细长脸，又瘦又小，穿得也很土。可他爸爸倒是高大魁梧，国字脸，一表人才，穿着也干干净净。马老师一边打量，一边不由地把这父子做了一番对比。

对不起老师，我们迟到了。赵小胖爸爸满含歉意地说，赵小胖在一旁轻轻扯了一下爸爸的衣角。赵小胖爸爸赶紧止住。

你们总算来了，快进去快进去，马上开会。

一个小时后，家长会结束了，马老师特意把赵小胖的爸爸叫到一边，详细介绍了赵小胖近期在校情况，嘱咐他好好管管。赵小胖的爸爸连连点头，一定，一定。

看着赵小胖父子渐行渐远的背影，马老师禁不住摇摇头，自言自语道：赵小胖的家长倒是很不错，可怎么生了这么个孩子？这世上的事真是不可思议。

这次家长会上，一个重要议题是学生安全。没想到，第二天班里就出事了。一个男生上体育课翻单杠时，被另一个男生猛地推了一下，从单杠上摔下来，幸亏只是腿上蹭破了点皮，否则可就酿成大事故。这个推他的学生不是别人正是赵小胖。

赵小胖啊赵小胖，你真不让人省心，你什么时候才能改好呢！马老师沉着脸，生气地说。赵小胖头仰着，眼角上挑，一副满不在乎的架势。

不行，我必须家访，把赵小胖的表现还有这次惹的事如实报告给家长，也好给人家那个男生家长一个交代。看到赵小胖的神情，马老师气不打一处来。

第二天，马老师去了赵小胖家。费了好大功夫，总算找到赵小胖的家，一看就是一个贫寒的家庭。三间破旧的平房，屋里什么像样家电也没有,他母亲打着过去农村妇女常打的灰色头巾,一只胳膊弯曲着,正忙着喂猪。

马老师说明身份,赵小胖母亲一面赶紧拿板凳让我坐下,把板凳用衣袖擦了又擦,一面歉意地说,真不好意思,事前不知道老师会来,也没个准备。我这就烧水泡茶。我忙把她劝住,让她坐下聊聊。

小胖一大早就出去玩去了,他爹放羊去了。赵小胖母亲显得很局促,一只手不停地搓着衣角,小心翼翼地问道,孩子是不是又犯了什么错了?

啊——没有没有,他表现还不错。我这次只是顺道来家访,没什么大事。马老师把到嘴边的那些话硬生生咽了下去。不能再给这样的家长添乱了。

正说着,小胖也从外边回来了。看到马老师,小胖很吃惊,低着头,红着脸,一溜烟跑到屋子里不出来。

出来孩子,跟老师打招呼,快点。小胖妈妈催促说。可小胖就是不出来。

这孩子,唉,真拿他没办法!她母亲重重叹了口气。

正说着话,一个戴着破草帽的男人吆吆喝喝赶着两只羊进来了,看到家里来了个生人,愣了一愣。

孩子他爹,这是小胖的班主任。小胖妈妈站起来帮着把羊赶到圈里。

老师,您来了。这位朴实憨厚的汉子说了这一句话算是打了招呼。

什么?这是赵小胖他爹?矮矮的个子,满脸疙疙瘩瘩,一条腿还有些跛,一看有五十多岁的样子。不对啊,这个人是他爹,那上次那人是谁?马老师被搞糊涂了。

正要开口询问,赵小胖红着脸从屋里出来,很紧张地看着马老师，不停地递眼色。看来这里面一定有什么文章。马老师没有问下去。

家访结束了，走出赵小胖的家，小胖跟在马老师后边，一直跟出很远。

说说，怎么回事？

老师……上次到学校开家长会的那个人是我……是我花钱找人替的，我……我不想让我爹去，他那副形象，太丢人了……

原来如此，怪不得当初看他爷俩怎么会相差那么大。

小胖啊，我说你什么好呢？马老师又好气又好笑。

老师，我错了……能替我保守这个秘密吗？千万别告诉我妈还有我……我爸爸，还有同学……行吗？赵小胖哀求道，眼泪在眼眶里打转转。

要我替你保守秘密？可以，不过你得答应我个条件，必须好好学习好好表现，否则，我早晚会把这事告诉你父母，还有全班同学。马老师板着脸说道。

我一定会好好学习，要是我不改怎么处理都行……

以后的日子里，赵小胖果然没有食言，不但渐渐遵守纪律了，并且学习也认真了。初三毕业，考取了县重点中学。这期间，马老师一直保守者那个属于两个人之间的秘密。

几年后的一个教师节，马老师接到北方某重点大学的一封来信，是赵小胖寄来的，他在信中写道：感谢老师，替我保守当年的那个秘密。其实，老师您不知道，我亲爹在我十岁时就死了，那个丑陋的男人是我后爹……是您让我懂得了做人要学会尊重别人。现在我后爹很以我为自豪，希望您永远保守这个秘密好吗？

看着来信，马老师欣慰地笑了。那个秘密其实他早已经忘却了，永远地忘却了。

第二辑　天亮,因为你的脚步

丰富多彩的校园生活充满着昂扬奋进的气息,这里有令人流恋恋不舍的美丽花草树木,有同窗共读的同学,有心爱的课本课堂,有和自己朝夕相伴的老师……每个人每天都在和他人打交道,每个人都有着不同的个性和经历,思想感情也千差万别。心境里有阳光明媚的日子,也会有阴雨天气的笼罩。但不管怎样,只要内心充满阳光,生活的天空就会无限美好,白云朵朵。让我们每个人都向着未来,想着明天,想着美好出发吧。

最美的格桑花

第二天,满眼血丝的他重新站在讲台,和往常一样很投入地讲课。他并不知道,此刻台下的那个角落里,同样有个眼皮红肿的孩子正怯怯地看着他。

那年,他考取了北京一所著名大学。他没有像有的同学那样一

每一棵小草都会有春天

进大学门，就忙着谈情说爱，沉溺于玩手机游戏……他日夜攻读，只用了两年半时间，学完了大学四年的全部课程。大三下学期，他开始了酝酿已久的圆梦行动——到偏远艰苦的地方支教。

他通过支教助学联盟联系好了贵州一藏区村小。前一个支教的老师走了数月，迟迟找不到新教师，学生只好放假。他的父母竭力反对：怕他耽误学业，怕他吃不消那个苦，怕他万一有个闪失……他给父母留了一封信，背上行李包，毅然踏上支教的路。

先是坐火车，后是汽车，再后是三轮车、摩托车，又经过两天徒步跋涉，终于到达了那所山村小学。和很多有着支教经历的大学生一样，眼前的一幕让他惊呆了：几间破旧教室坐落在海拔2700米的山腰上，门窗上几乎找不到一页像样的玻璃，几块木板涂上黑漆算是黑板，阳光从破旧的窗户和屋顶破裂的瓦缝里漏出来……眼前一切，让他恍惚进入了另一个世界。震惊、失望，种种复杂的情绪涌上心头。

他走进教室，走到那些瞪着茫然的大眼睛却又顽劣无比的孩子们中间，走进那些宁让孩子放羊也不愿孩子上学的家中……几个月过去，一切都有了头绪，那些辍学的孩子已经陆续返回学校。

新鲜、忙碌、充实之后，另一种情绪溢满心头。手机没信号，电脑成了摆设，信息不灵，交通闭塞，一日三餐，几乎顿顿土豆、白菜。每当下午孩子们放学回家后，校园里空落落的，没人跟他说话，哪怕吵一架也行，孤独寂寞想家，像夜猫的爪子挠着他那颗年轻的心。

他经常一个人骑着自行车翻山越岭，走村串巷，到学生家里家访。那些家庭的贫困状况让他震撼，更让他感到自己肩负的重任。每到一户，家长都会拿出最好的酥油茶、青稞酒、糌粑招待他，让他感受到藏民特有的淳朴和善良。

闲暇时，他也会到学校周边的山岭上转转，去看那五颜六色的格桑花。他知道，在藏民的心目中，格桑花是幸福之花、希望之花。漫步在漫山遍野的格桑花中，他陶醉了，心中燃起一簇簇火焰，点燃着他的蓬蓬勃勃的青春和梦想……

然而，接下来发生的一件事让他顿生失望。那天，他将自己心爱的一支钢笔落在讲台上，返回找寻却再也不见了踪影。那是他18岁生日，高三时的女同桌悄悄送给他的礼物。家教极严的他虽然跟女同桌没有发展成那种关系，但他十分珍惜这份友谊，这份情。那支钢笔始终伴随着他左右。

显然，钢笔被班上哪个同学拿走了或者说偷走了。回想自己一腔热血，千里迢迢来到这里播撒知识的种子，学生却做出这样让他失望的事，他伤心，他恼怒，他失望，他绝望……他想离开这里，回到熟悉的大城市……一连几天，他情绪低落，校园的操场上再也看不到他跑步的身影。孩子们像受惊的小鹿，愣愣地看着他，不知道老师这是怎么啦。

那个送他钢笔同样在名校上大学的女同桌来信约他一起出国读研。他考虑再三答应了。晚上，他在宿舍整理行李，然后坐等天亮。他正翻看着自己的支教日记本，封二中的一句话让他顿时脸红：是男子汉，就要有为实现梦想而不懈追求的勇气和魄力！这是他在支教前的那个晚上亲手写下的誓言。这话他同样送给了自己写给父母的那封信里。

他的眼前浮现出大学同学送他时说的那些鼓励的话、想起辅导员的那双期盼的眼睛，想起班上那26个即将因为没人教到处乱跑孩子……他犹豫再三，解开了背包。

第二天，满眼血丝的他重新站在讲台，和往常一样很投入地讲课。他并不知道，此刻台下的那个角落里，同样有个眼皮红肿的孩子正怯怯地看着他。

每一棵小草都会有春天

教师节到了，像往常一样，他径直去了教室。轻轻推开门的一刹那，一股股浓烈的花香扑鼻而来。他看到，讲台上堆满了一束束格桑花，红的、白的……那么热烈那么夺目。每一束格桑花都用一根细红绳认真地捆着。他一束束地拿起来，不多不少，整整26束！一种异样的感觉涌上心头。那天的课就这样，在花海里开始了。

中午，在宿舍，他将花束一一打开，插在大大小小的瓶子里。解开最后一束花时，他发现了那支丢失数日的钢笔和一张字条，字条上用歪斜的字迹写着：

老师，对不起，我不该偷偷拿走您的钢笔。我这样做，是为了我弟弟。他身体残疾没能上学，听说老师有一支漂亮的钢笔时，他吵闹着非要亲眼看一看亲手摸一摸……原想当天还给您，可他太喜爱了，所以一直拖到今天才给您。老师，您说过，不能随便拿别人的东西。我不是一个好孩子，原谅我……祝老师节日快乐！

读着读着，他的眼睛润湿了。他为自己一时冲动差点冤枉了孩子而羞愧，更为自己的意气用事而惶恐。他轻轻捧起那束格桑花，静静地看着，嗅着。那一刻，他眼前浮现出一张，不，是26张，两腮满是高原红的可爱的笑脸。每一张笑脸就像一束格桑花。那是他见过的最美的格桑花。

两个月后，他班里的26名学生，每人手里都多了一支和他的一模一样的钢笔。那是他把26束格桑花的故事发在助学联盟网上后，热心的网友自发组织捐赠的。

第二辑　天亮，因为你的脚步

一个人的颁奖仪式

她艰难地睁开眼，半天时间过去，仿佛认出了刘老师。她的胸脯微微起伏着，发出微弱的声音，老师……谢谢您来……看我。这次我可以得到一个带奖字的本子吗？

她细高挑，脸皮像煮熟的鸡蛋清一样细腻光滑，脑后扎着一个马尾辫，校花的桂冠非她莫属。

她是一个全校出了名的特殊生，不学习，不遵守纪律，顶撞老师，三天两头惹麻烦，欺负别人。教过她的老师几乎没一个不摇头的。谁说说她，她头一扬，我咋了？我就这样！一副满不在乎的样子。

她又是一个不幸的孩子。母亲死得早，从小寄养在奶奶家长大，奶奶的过度疼爱养成她自由成性的个性。父亲常年在外打工，顾不了她。从小学到初中，她几乎每天都在惹事与批评呵斥声中度过。

谁能转变她无异于铁树开花，是老师们对她共同的评价。

她像一个皮球一样在各个班之间被踢来踢去。级部主任无奈何只好采取抓阄办法，谁抓到就到谁的班。

这次，她这只被抛到半空的球，打着转，在接近地面的时候拐了个弯，鬼使神差地落到了二四班。

二四班主任刘老师性情温和，干了多年的班主任，可谓经验丰富型。面对"幸运"地落到自己班上的这只球，他只说了一句话：既然来到我班，就是我的学生。

每一棵小草都会有春天

第一天，刘老师亲自帮她整理了书包，领到座位上。上午放学时又足足谈了两个小时。还将学习委员安排和她同桌。用意不言而喻。即便是铁树也能开花！刘老师对自己说。

铁树没等开花，麻烦接踵而至。第二天下午第四节课，老师喊起立，她趁前面的那个同学不注意，用脚尖偷偷把人家的凳子往后一勾，轰通，把人家跌了个人仰马翻。全班顿时哄堂大笑。老师气得找班主任：一定要将她驱逐出课堂。刘老师好说歹说，老师这才熄了火。

更麻烦的事情还在后头。第三天，中午在餐厅吃饭的时候，她一时手痒痒，抓起一块小石子一扔，没想到正好砸在了一个女生的头上，女生的父母找到学校，大吵大闹，是刘老师好话说尽，又搭上药费才把事情平息过去。

谁知一波未平一波又起。那天她将讲台上一瓶胶水涂抹在讲台的凳子上，老师抓了满满一大把黏糊糊的胶水。老师气愤至极，她却当作无事人一样。最后到底查到了她的头上，老师将她逐出教室。此事很快在全校传开，几乎没人不知道初二有个叫某某某的女生，没一点好心眼，居然扎古到老师头上。

刘老师被气得直翻白眼。

转眼到了期中考试，刘老师将盖了印章的本子分发给那些学习特优生和进步之星。发放最后一个本子给学习委员时，刘老师无意中看到，一旁的她眼里豁然一亮，露出意思羡慕的光。但瞬间又黯淡下去。

难道她也想得到奖励？刘老师沉思一下，眼睛看着她，一字一顿地说，你也想得奖？真是太阳从西边出来。要是你能得奖，那个奖字我用我的血给你写！

她听了，仰着头，咬着牙，眼睛狠狠瞪着刘老师，两行眼泪如

第二辑 天亮，因为你的脚步

小溪一般汩汩而出。

刘老师心里一阵疼痛。

星期一，她没到校。真是不争气的孩子！刘老师心里很生气，几次拿起电话想打给她奶奶，每次拿起又放下，他不想给那位白发苍苍的老人添麻烦。并且一种奇怪的想法涌上刘老师心头，没来？没来更好，省得给我惹是生非！

放学了还不见她的影子，刘老师忍不住了，一个电话打过去，什么？莹莹出车祸了？为了救一个老人？伤得很重？刘老师心里一沉，拿电话的手哆嗦着。

刘老师匆忙赶到医院，却见她头上缠满绷带，浑身上下像被白布包裹起来的粽子，一动不动，只有鼻孔上头的氧气瓶时不时冒出一两个气泡。

莹莹，快睁开眼看看，老师来了，老师看你来了。刘老师噙住泪水喊着。

她艰难地睁开眼，半天时间过去，仿佛认出了刘老师。她的胸脯微微起伏着，发出微弱的声音，老师……谢谢您来……看我。这次我可以得到一个带奖字的本子吗？

你能，你能！等你好了，我亲自给你颁奖！刘老师嘴唇哆嗦着，再也说不出来。

她含着笑走了。

几天后的一个早晨，在那个偏僻的小山村的山岭上，一座新坟前，一个特殊的颁奖仪式正在举行：一位戴眼镜的中年男子神情庄重地站在那里，手里拿着一个中间带着鲜红奖字的笔记本，一字一顿地说：莹莹同学，我代表幸福中学初二四班51名同学给你颁奖……男子泪流满面，再也说不下去。

此刻，一缕阳光透过云层落在这位男子的手上，将那个鲜红的奖字映衬得火红火红，像一团跳动的火焰。

　　远在天堂里的她哪知道，刘老师那天说的那番话是故意用激将法激她。她更不知道，那个鲜红的奖字是刘老师真的用自己手指的血一笔一画写上的——他要兑现自己的诺言，必须兑现。

土地，土地

　　他清晰地看到，丁老汉正从西山下来，手里举着一杆长长的旱烟袋，干瘪的两腮一收一松，笑眯眯地向他走过来……

　　一大早，马六甲又去了村西丁老汉家。来回多少趟了，马六甲自己也记不清了。从村东到村西，不过几百米远，马六甲却觉得那么漫长，不亚于一个马拉松。

　　丁老汉正蹲在大门楼下的石条上，手里举着一杆旱烟袋，那烟袋的嘴是铜的，暗黄色的橙。烟袋嘴却并未冒烟。几年前那场病差点送了丁老汉的命，那口老烟随着戒了。可几十年端烟袋的习惯总也改不了。丁老汉眯缝着眼蹲着，好像在想什么心事，又似乎什么也没想。冷不丁看像蹲踞在门口的一尊雕塑。

　　大爷爷，早起来了？我马六甲啊。马六甲紧走几步上前，又戛然而止，弯腰打招呼。

　　是六甲啊，来了？丁老汉头不抬眼不睁，蹲在那里，举着烟袋，干瘪的两腮一收一松，一收一松。

　　那事您老考虑得到底咋样了？马六甲弯腰趋前一步，问道。

第二辑 天亮,因为你的脚步

再等等,不急不急。丁老汉不紧不慢地说。

大爷爷,您就开口吧。我每年给你三百块钱,价够高了,打着灯笼也找不到的便宜事。马六甲说。

要说马六甲在安子村也算是能人。前些年在外打过工,当过包工头,赚了一些钱,一年前回村包了西山。西山顶上有块地,地块不大,三分多点,五级地,跟周围的白沙图不同,红色土壤。地是丁老汉的,二十年前丁老汉拿用一级洼地跟别人一对一调换来的口粮地。说起这事,全村没一个不说丁老汉犯傻,地坐在山顶上,收庄稼往下运别提多难了,况且产量也不敌洼地,吃大亏了,可丁老汉却不以为然,一口一个"值过的"。谁也不明白他说的"值过的"是啥意思。马六甲想在西山栽果木,这孤零零一块地就"绊脚石"。他一心想买下这块地,这样偌大一座山就全是他马六家的地盘了。可丁老汉好像跟马六甲较上劲了,任凭马六甲出啥条件就是不松口。这让马六甲又急又恼。

其实,丁老汉完全可以不用种地,更不用爬山越岭地到山顶上去种。都快八十的人了,儿子在北京开公司,不差钱,儿子磨破嘴皮子让他去北京住,他就是不答应。问他,就一句话:北京?那是毛主席他老人家办公的地方,我去住算啥?

听听!这老汉真是够倔的。

大爷爷,您就答应了吧。马六甲又说。

这不是地不地的事。丁老汉站起来,眼睛望着西山,悠悠地说。那里,清晨的白雾笼罩着,仿佛披了一层白纱。那白沙不均匀,有的地方厚些,有的地方薄些,有的地方一动不动,有地的地方一起一伏。

唉!那我再等等。马六甲叹口气,走了。

看着马六甲无奈的背影,丁老汉微微笑了,下巴上几根稀疏的胡子轻轻抖动着。他收起烟袋，转身去了屋里……

第三天，马六甲又来到丁老汉家，却见丁老汉大门紧锁。去了哪里，左邻右舍没人知道。

一个月后的一天，丁老汉的儿子丁大开开着大奔来了。一进村，径直去了马六甲家。

一进门就对马六甲说，三侄子，前些日子我爹觉得身子不利落，来北京找我，一来看看病，二来让我带他去看看毛主席他老人家。我带他去了纪念堂。没想到，回来的路上绊了一脚，瘫了。他跟我说起你要买那块地的事，他让我记下他的话，转交给你……说着，丁大开掏出一张纸，递给马六甲。

马六甲双手接过，轻轻念道：

六甲孙子，你知道吗？你想要的那块地在的地方以前没有地，1942年鬼子打到咱这里，在西山盖炮楼，逼着村民从山下往山上背基块（注：鲁东南一带方言，用黏性极强的红色泥巴做的未经煅烧的土砖）。那年月缺吃少喝的，哪有力气背？鬼子用葛条蘸水抽老百姓。我家你老爷爷是地下党，站起来反抗，我亲眼看他被鬼子用葛条活活打死在炮楼下……后来，八路来了，在西山干了一仗，一个连长扛着炸药包炸炮楼倒在山顶上……后来，炮楼拆了，村里人把基块砸碎铺在山上造出这块地。当初我拿好地换它，就是因为它被荒了好几年。我不答应跟你调换，也是怕你换了又闲着，荒了，糟蹋了……你看看，现在人都忙着外出打工赚大钱，有多少地都撂荒了，种的人也没以前那么上心了。地是咱吃饭的饭碗，庄户人的命根子。我那块地的颜色，红的，那都是老一辈的血、老八路的命啊！这人活一世，有些事可以忘了，有些事几辈子都不能忘……这一年多，我拖着不换，就是想考考你，我看出来了，你是真心想要这块地。前些日子，我想好了，去北京看看毛主席回来就找你，白送给你用，没想到我这身子骨不争气……我把这块地转让给你，种庄稼也好，栽果树也好，只要不把它荒了就行……

马六甲捧着信，手微微抖的，抬头向西山看去，那里，一轮圆盘大的红日正徐徐落下，偌大的西山被余晖笼罩着，红彤彤的一片……

马六甲一脸凝重。那封捧在手里的信，仿佛山一样重。

他清晰地看到，丁老汉正从西山下来，手里举着一杆长长的旱烟袋，干瘪的两腮一收一松，笑眯眯地向他走过来……

不想考好的女孩

司马老师紧紧拉着张萌的手，激动地说，张萌同学，请原谅老师的疏忽，以后老师不仅仅是你的老师，更是你们的大哥哥……

随着一声清脆悦耳的收卷钟声响起，一（5）班主任司马老师的心里长舒一口气，这些孩子还算比较争气。从他们在考场上的表现看，这次期末考试成绩一定错不了。这样自己也好给家长和校长一个交代了。还有自己这次高级职称聘任也增添了新的砝码……想到这里，司马老师脸上掩饰不住的笑意。

司马老师是中途接的这个班。无论从纪律方面，还是学习成绩，这个班都是全年级倒数。一学期来，司马老师不知动了多少脑子，才渐渐有了些起色。可这次到底能不能考好？好到什么程度？司马老师心里没个底。

每一棵小草都会有春天

经过一整天的紧张阅卷、统分，第二天下午，阅卷结束，成绩终于出来了。司马老师真的有些望眼欲穿，他迫不及待地拿着分数册，目不转睛地逐一翻看学生的成绩，果然不出所料，班里整体成绩比他刚接班时好了十万八千里，可是唯独有一个例外，那个他心目中的优秀生张萌的成绩却让他大跌眼镜。这个叫张萌的女生个子不高，性格有些内向，但学习成绩在班里名列前三，是班里仅有的几个让司马老师和其他任课老师省心的学生。这次考试，司马老师指望她能再上层楼，进入年级前十。万万没想到，就是这样一个学生，这次考试语文、数学、英语等几大学科居然无一门及格。怪了，邪门了，张萌这是怎么啦？是题太难不会做？不对不对，那些平时学习靠后的学生也没这么多不及格的学科，是病了吗？也不像。那到底是怎么啦？难道家里发生了什么事？没听说啊。难道是她诚心的？也不可能啊，没道理，到底怎么回事？

司马老师心里如同擂起了十八面锣鼓，咚咚咚响成一团，震得他脑子乱哄哄的。不行，我一定要弄清楚。

第三天上午，学生返校放假。司马老师把张萌叫到办公室问个明白。

张萌，你说说，这次考试是怎么回事？司马老师关切地问道。听得出，他很想早一点知道原因。

张萌低着头，眼睛看着鞋面，一言不发。

张萌，大胆说一下，没关系。司马老师看着她，鼓励说。

在司马老师问到第三遍的时候，张萌终于开口了，老师，您……您真的想知道？

是啊，我想知道，这到底怎么啦？说出来看看我能不能帮你。

我……我是故意的。

什么什么？你是故意不想考好的？！司马老师以为听错了，又

第二辑　天亮,因为你的脚步

问了一遍。

是……是我故意的,我就是不想考好。张萌坚定地说。

在得到确切的回答之后,司马老师呆住了,嘴巴张成一个大鸭蛋,眼睛都直了。自己教了这么多年的学,教过的学生何止百千,还是第一次听说不愿意考好的。真是大天使街无奇不有。

那你能告诉我这是为什么?

因为……因为我考得不好,这样我爸妈就能够回家看我张萌吞吞吐吐地说着,抬头看着司马老师。

什么?考不好爸妈就能回来看你?这是怎么回事?司马老师急于知道问题的答案。

说实话,司马老师虽然是这个班的班主任,可由于接班时间太短,很多学生的家庭情况他并不十分了解。对于张萌只知道他父母常年在外打工,自己和年迈的奶奶一起生活。

我爸妈只知道挣钱供我上学,一年到头,难得回家一次。每天放学班里都有一些同学的家长来接,天冷了送衣服;过节的时候,别的同学都热热闹闹一家人团圆过节,我心里很羡慕……所以这次我就是不考好,这样他们就能多回来一次,看看我……还有,还有……还有也能引起您和其他老师的注意……

什么?引起老师的注意?司马老师越发愕然了。

因为……因为老师都觉得我是一个好学生,一个懂事的孩子,所以平时很少有人和我谈心,我心里很孤单……张萌说着,眼泪吧嗒吧嗒流下来。

司马老师的眼圈红了。对像张萌这样的好学生,其他老师是这样,自己又何尝不是这样?都怪自己太粗心,把更多的时间和精力留给了那些后进生,却忽略了对这些优秀生心灵的呵护和关怀。

司马老师紧紧拉着张萌的手,激动地说,张萌同学,请原谅老师的疏忽，以后老师不仅仅是你的老师，更是你们的大哥哥……

张萌含着眼泪，点点头笑了。

当晚，司马老师办公室的灯一直亮到很晚很晚。他在写两封信，一封写给班里所有留守学生的家长，一封写给像张萌这样的优秀学生……

特殊的奖励

到了该解开礼物密盒的时候了。可没等我开口，赵小锤拉着牛虻跑到我办公室。赵小锤嬉皮笑脸地说："老师，该给礼物了吧？"

初一月考最后一场结束了，对桌办公的小马老师一走进办公室，把试卷往桌上一丢，端起茶杯"咕咚咕咚"，一通猛喝，一屁股坐下，气鼓鼓地说："现在这学生忒大胆了，你作弊就作弊了，把纸条交出来，承认错误，批评几句，警示一下也就算了，可这小家伙很顽固，高低不说传纸条给谁？司马老师，你说气人不气人？！"

"马老师，别跟学生治气，那个学生是哪个考场的？叫什么名字？"我一边劝说，一边不经意地问道。马老师刚参加工作没几年，年轻气盛，心直口快，遇到不顺心的事，总喜欢跟我这所谓老教师说。

"3考场的，对了，叫什么牛——虻，和外国一本小说一个名，名头够大的。"

"牛虻？那不是我班的学生？他——他能作弊？"我自言自语

地说。牛虻是我班学习前几名的学生，戴一副近视镜，虽说是个男孩子，可说话做事女孩子似的，文文静静。要说别人作弊有可能，他要作弊我是无论如何不相信。

"咋了？司马老师，这样的事我能跟您开玩笑吗？这小家伙，你可要好好教育教育。"

"那是那是，都是我管教无方，我一定好好批评批评他。"

午休时，我把牛虻叫到操场，一边走一边聊。开始，牛虻只承认他作小抄，可就是不肯说为什么。几经询问，他终于开了口——原来，他是给坐在前面的赵小锤传答案。

赵小锤？我熟悉。赵小锤脑子挺聪明，可平时特别好玩，心思没用在学习上，除了地理学科成绩班级前茅外，其他学科都倒数。他爸爸赵大锤开了一个汽车美容店，生意不错。因嫌赵小锤学习不好，曾几次要让他辍学，都被我拦住了。

那天，赵小锤找到我，说他爸爸下了最后通牒，要是这次月考成绩还原地踏步，就坚决要他收拾书包回家在店里打工，帮着打理店里的生意。要是有大进步，不仅学可以照上，还满足他期盼已久的心愿——奖励他去苏沪杭三日游。赵小锤不舍得离开学校，也不舍得那三日游，就求我帮忙把月考分数稍稍"提那么一下"。我跟赵小锤是好朋友，他再三哀求我，我没办法就答应了，没想到还是被监考老师逮住了……老师，对不起，我给您丢脸了。牛虻嘟噜着眼泪说。

我严厉地批评他考试作弊是不对的，你这不是帮他是害他。牛虻说，他再也不做这样的傻事了。

学生就是学生，看来他真心悔过了。我安慰他说，只要认识到错误，改正错误就还是好学生，以后要在学习上多拉赵小锤一把，帮助他把学习搞上去……

每一棵小草都会有春天

下午放学后,我没有回家,骑车去了赵小锤的家。任凭我怎么说孩子没有受完九年义务教育家长让其辍学是违法行为,说孩子这么小就走上社会赚钱对孩子的成长没什么大好处云云,可赵小锤的爸爸语气很硬,说小锤这小子学习再没好转就让他退学。这让我很郁闷,很苦恼。怎么办?晚上,我彻夜未眠,满脑子都是赵小锤的影子。

绝不能让一个孩子在我手上辍学!

第二天,我把赵小锤和牛虻叫到一起,跟他俩进行了长时间推心置腹的交谈,末了又让他俩当面结成助学对子。我当场许诺:只要下次月考,赵小锤凭自己的本事往前提升五个位次,就奖励他一份特别的礼物,一份他想不到老师会给的礼物。同时,牛虻也会得到同样的一份礼物。并要他们保密,不要对其他人说,老师可没那么多礼物送人。

也许是神秘的礼物起了作用,也许是牛虻对上次作弊的愧疚,他开始认认真真地帮助赵小锤的学习。课下经常看到牛虻和赵小锤在一起讨论学习的身影,课上赵小锤也老实了许多,我也有意识地多提问和辅导他。不少老师和同学都反映赵小锤近期有了很大进步。他们不知道,这进步的动力是啥。

又一个月考到了,我亲自在赵小锤所在考场监考。成绩出来了,赵小锤果然不负众望,成绩在班里一下子提高了八个位次,比预定目标多了三个!就连牛虻这次考试成绩也比上次提高了四个位次,名列班级第一。

到了该解开礼物密盒的时候了。可没等我开口,赵小锤拉着牛虻跑到我办公室。赵小锤嬉皮笑脸地说:"老师,该给礼物了吧?"

看着这个又聪明,又顽劣,身高马大的大男孩,我还能说什么呢?我拿出早已准备好的两张驽马公司的预售出的暑假学生苏沪杭三日游优惠票,说,这张是你的!我把另一张往牛虻手里一塞,这张是你的!

太好了!原来是我梦寐已久的苏沪杭三日游。谢谢老师,谢谢老师,您太给力了!赵小锤顽皮地又打敬礼又弯腰致敬。

牛虻也笑眯眯地说,谢谢老师,谢谢,我们下次一定更加努力,不辜负老师的期望。

你们就好好努力吧,到时候我会有更神秘更给力的礼物给你们!

看着两个大男孩说说笑笑,开开心心地走了,我甜在心里——赵小锤这小子,你知道吗?为了转变你爸爸的态度,老师光去你家家访就去了三次,嘴皮子差点磨破了。还有,这两张票都是你爸赵大锤出钱买的。你们俩的点滴进步,你爸知道得一清二楚!

还有一点,我不能告诉你,你爸为了奖励老师我,还给我买了一张苏沪杭三日游,到时候老师亲自陪你们去开心三日游。不过老师想好了,你爸为我掏的这份钱,等你们成绩又进步了,老师会一分不少地作为特别奖学金,退还给你。

最美味的鱼

很快,不少学生都知道赵爱祥是政教主任的亲戚。每当听到有学生这么说,看到赵爱祥一脸幸福的样子,我心里比吃了蜜还甜。

前几天,一场事前没有任何征兆和预报的寒流,把我击得晕头

每一棵小草都会有春天

转向，一口气打了四五天点滴。年终考试来临，作为主抓学生纪律的政教主任，无论如何也不能在家呆了。这不，今天刚有所好转，中午我就早早去了学校。

刚到校门口，发现初一（1）班的赵爱祥低着头走着，手里提着一条四五斤重的白鲢鱼，褂子的衣袖和大半截裤腿湿漉漉的，滴滴答答地往下滴水。后边跟着一个中年男子，一脸怒气。

全校一千四五百名学生，大部分只面熟，叫不出名字，但对这个赵爱祥，我一点也不陌生。他是个走读生，家住在离学校不远的地方。他的个子和学习成绩持平，全年级倒数第一，说话结结巴巴，上课教室爱进就进，想出来就出来。这还不算，说不上什么时候不高兴了，拳头落在班里某个同学的身上。老师和班主任谁都拿他没办法。据说他父母讲，这孩子生的时候受了点屈，先天性智障。班里和学校只好由着他。他因此成了学校的另类和学生取笑的对象。我曾多次找他谈话，也想方设法鼓励他，也曾试图增强他的信心，但一切都是徒劳。

看到那名男子怒气冲冲和赵爱祥垂头丧气的样子，我心里咯噔一下：完了，肯定又惹麻烦了！果不其然，那名男子看我是个老师模样，径直朝我走过来，很激动地说：老师，您看看您学校的学生，竟然偷偷到水库偷鱼……学校南头有个中型水库，里面用网箱养了不少鱼，这名男子就是那个养鱼的。

寒流刚过，天气冷得厉害。赵爱祥缩着脖子，脸色铁青，一脸鸡皮疙瘩，两只手冻得通红。再这样下去，要冻坏的。见状，我赶紧向那个中年男子赔礼道歉，并掏出30元钱赔他。那个养鱼的男子拿着钱走了。我接过鱼，领着赵爱祥到了我的办公室。我让他靠近暖气，一边烘衣服，一边问他为什么去水库拿鱼？我故意避开偷字。他歪了几歪头，看着我，结结巴巴地说：老……老师……我……

第二辑 天亮，因为你的脚步

我想……

想什么？慢慢说。

我想拿鱼给……给您……

什么？给我送鱼？！我疑惑地说。不可能吧？说实话，到底为什么去拿人家的鱼？我故意脸一沉，在"拿"字上明显加重了语气。

老……师，我真的拿……鱼给您……他急得差点流泪了，说话也结巴得更厉害。

看他很认真的样子，我缓和了一下语气，说，那你说说看，为什么给我送鱼？

那次您……给我买……馒头吃……他自言自语道。

买馒头？哦，我想起来了，是有这么回事。两个星期天的一个中午，我早早来学校值班，发现赵爱祥一个人在校园里瞎转悠。我随口问了他几句，他说还没吃饭，没钱买饭。我当时去伙房买了两个馒头给了他。可这事跟拿鱼有什么关系呢？难道他想报恩？还是另有原因……

前些天听一个老师说，您得了重感冒，我想买鱼给您吃，可我家没钱，就……就……他低着头，两脚交叉着，来回搓着。

多懂事的孩子！我真不敢相信，这就是别人眼里那个有些弱智的赵爱祥？我分明看到了他的一颗金子般的心。

我轻轻拍着赵爱祥的肩膀说，你是个好孩子，老师谢谢你。不过，以后再也不准做这种事了，明白吗？

明……明白！老师，我真的是个好孩子？以前从没有老师说我是个好孩子。他边说边高兴得跳起来。我真的是个好孩子？他再次问道。

我重重地点了点头，说，你不仅仅是一个好孩子，而且还是我的一个亲戚家的孩子！

是吗？我怎么不知道？他茫然地看着我，疑惑地问。

以后你慢慢就会知道。说着，我把自己的一条围脖轻轻围在他的脖子上。

老师，鱼给您！赵爱祥说着，把鱼往我手里一塞。嗷嗷嗷……我也是个好孩子，我是老师亲戚家的孩子……是厉老师亲口告诉我的，看哪，围脖也是老师送我的……赵爱祥一边喊着一边跳着跑回教室。

望着他欢快的身影，看着手里那条冰凉的鱼，一股暖流倏地涌上心头，我的眼睛润湿了。

放学的时候，我把赵爱祥叫到我家，做了满满一大盆鱼汤，一起分享这顿美味。从不爱吃鱼的我那次吃得是特别多也特别香。

很快，不少学生都知道赵爱祥是政教主任的亲戚。每当听到有学生这么说，看到赵爱祥一脸幸福的样子，我心里比吃了蜜还甜。

这么多年来，我曾参加许多场合，见识过，也吃过各种各样的鱼，其中不乏名贵的鱼，但迄今为止，赵爱祥送的那条普普通通的白鲢鱼是我吃的所有鱼中最美味的鱼。

折不断的教杆

刹那间，大家都明白了，难怪赵老师的教杆怎么那么容易折断，而且折茬都是齐的。原来如此！在场的人都悄悄地抹眼泪，迟浩、王小毛几个调皮鬼们更是泪水涟涟。

迟浩，又看什么乱七八糟的书？嗯？！

第二辑　天亮，因为你的脚步

那个坐在教室最后头，个子矮小，手里捧着厚厚一本言情小说正看得津津有味的男生顿时吃了一惊，禁不住身子一哆嗦，猛一抬头，发现赵老师不知什么时候正站在一旁，眼睛一眨不眨地盯着自己，一秒、两秒、三秒……也不知过了多少时间，只见赵老师将紧握在右手里的那根细长的教杆缓缓扬起，啪一声，结结实实地落在课桌的一角，顷刻间断成了两截，一长一短，那截短的落在地上，滚了两滚才停住。

我……我……迟浩低着头，红着脸，嗫嚅着，不敢正视老师。赵老师伸过手去，迟浩很不情愿地把小说递过去。赵老师弯腰拾起那两截教杆，撂下一句：你小子，胆子不小啊！眼看就要年终考试了，还顾得课堂上看这种书，真不知轻重缓急！下了课，到我办公室去！说着，赵老师缓缓转过身，倒背着手，一步一步走出教室……

这样的情景几乎每周都会在教室里重演着，一遍又一遍。这也难怪，初二是最难管的时候，尤其是赵老师所带的三班，学生来源复杂，父母大都在城里打工，或者做点小买卖的，顾不上管孩子，调皮捣蛋不爱学习、三天两头惹点小麻烦的男生特别多，简直是"特殊生群英会"，号称"鬼见愁班"。从初一到初二这个班已经换了三个班主任了。赵老师是全校唯一能镇得住学生的老班主任，所以初二一开学，校长就把初二三班班主任的重担压在他的头上。

赵老师动了不少心思，可谓伤透了脑筋。软硬兼施，十八般武艺都使出来了。赵老师虽然厉害，可像迟浩这样的皮筋学生赵老师那些招数根本不起作用，上课做小动作，看课外书，戳七闹八，将蚯蚓什么的偷偷塞进女生桌洞，课下疯成一锅粥，每天都重复发生。赵老师为此生过气，发过火，别的不说，光自己亲手做的教杆不知敲断了多少根。

每一棵小草都会有春天

看着每次好端端的教杆缺胳膊少腿,班长岳珊珊实在看不下去,几次想让当木匠的爸爸给做一根,都被赵老师断然拒绝了。有一次,岳珊珊从家里拿来一根漂亮又结实的教杆送给赵老师,赵老师却一次也没有用。这让岳珊珊和班里的其他同学都感到很纳闷。

在同学的眼中,赵老师有时慈祥得像自己的爷爷,有时又严厉得比自己的父亲还要厉害三分。那些短命的教杆走马灯似的在赵老师的手里换了一根又一根,却从没一次落在学生身上。赵老师也从不用别人给的教杆。真是个怪人!岳珊珊不止一次背后和同学说。

谁也想不到,身体高大魁梧,走路健步如飞得赵老师说病就病了,而且病情很重。医生几次下了病危通知,赵老师的家人强忍着悲痛为他准备好了后事,可赵老师不吃不喝七八天就是不舍得走。见过这种场面的明白人说,他这是还有未了的心事。家人问遍了能想到的所有事,却一件也没猜中。

第九天的上午,病房里来了一群特殊的探访者,他们是迟浩、王小毛……班上几乎所有的捣蛋鬼们一股脑都来了。迟浩的手里还带着一根崭新的教杆。

老师,我是迟浩,这是我亲手给您做的教杆,我费了整整一个星期天才做好的。您快好起来吧,同学们都盼着您回去教我们……迟浩拿着教杆,哽咽着。

说来也神了,迟浩话音刚落,赵老师突然睁开眼睛,嘴里发出低微的声音:我……我就知道你们……你们一定回来看我……赵老师断断续续说着,目光专注地在眼前每个学生的脸上一一扫过。当看到迟浩手里的那根教杆,赵老师眼前一亮,手抖抖地伸过去拿那根教杆。迟浩赶紧将教杆递过去,小心翼翼地放在赵老师的手里。

赵老师抖抖地拿着教杆,嘴唇哆嗦着说,你们……你们知道我为什么……不用你们给做的教杆?因为……因为我的脾气不好,所

第二辑 天亮,因为你的脚步

以教杆上都有一道刀刻的环,在桌子角上敲一下就断了,这样……就不会敲在学生身上……

刹那间,大家都明白了,难怪赵老师的教杆怎么那么容易折断,而且折茬都是齐的。原来如此!在场的人都悄悄地抹眼泪,迟浩、王小毛几个调皮鬼们更是泪水涟涟。

你们……你们恨我吧?恨那些教杆吧?赵老师开始大口大口地喘气。

不,我们都很感激您,是您的那些教杆让我们逐渐改掉了那些坏毛病,老师,您快点好起来,就用我们给做的教杆好吗?迟浩噙着泪水,恳求道。

好……好……我收……收下……只要你们不怕疼……我就就用你们给做的教杆……我会……会手下无……赵老师说着,脸上微微地笑了,转眼间,那笑容凝固在了脸上。在场的人都清楚地看到,两行豆大的泪珠从赵老师的眼睛里滚落下来,流进苍白的鬓角里。

赵老师走了,可在初二三班56名学生中,每个人心里从此都多了一根教杆,一根中间刻了一道环痕的教杆,一根永远也折不断的教杆……

雨总有停的时候

又是一个雨天,我又一次坐在那个不起眼的小酒吧,坐在那个临窗的位子,孤零零喝闷酒。望着斟满酒的杯子,我却无法咽下。窗外的雨越下越大,大颗的雨点砰砰砰敲打着屋檐下的水桶,仿佛敲打着我的一颗心。

每一棵小草都会有春天

张良是我众多学生中的一个。说实话,当时我并不看好他。没想到,十年后师生聚会,张良已经是一家大企业的老总。而我认为比较优秀的几个学生却都在他手下效力。张良的成长过程对我来说是一个谜。

席间,张良向我敬酒。他稳重大方,说话有条不紊,措辞得当,很有老总的气气度。

张良,你是我教过的学生中最出色的一个,拥有那么大的公司,干着那么大一份事业,在老师看来你是很成功的学生,能不能说说,你是怎样一步步走到今天这个位置的?

很多人都只看到了我所谓成功的一面,觉得我很幸运,可很少有人真正想了解成功背后那些酸甜苦辣的故事,其实我的事业之路并不那么平坦,是三个电话改变了我的一生。

什么?三个电话?我诧异了。

是三个电话。我父亲的。张良说着,轻轻抿了一小口酒,陷入了回忆之中。

那时刚走出校门,我和李梦、赵刚三个人一起到了南方一座城市找工作。到了那里才知道,其实并不像在学校时想的工作那么好找。几经周折,我们一起应聘到了一家商业企业当业务员。很糟糕,三个人中我去的地方最差,工作不好开展,很长一段时间,我的业绩最差,每个月只有几万元的销售额。要知道,这样的业绩对一个业务员来说意味着什么。要命的是,我的那两个同学的业务开展得风生水起。我的心情焦躁不安,苦恼极了。

那是一个雨天,跑了一天业务也没签下一份订单。晚上,我一个人在一家临窗的小酒吧喝闷酒,心里想要是明天还这样就辞职。这时,手机响了,是当教师的父亲打来的。借着酒劲,我把心中的苦恼一股脑地倒给父亲。父亲静静地听着。也不知过了多久,父亲

第二辑　天亮,因为你的脚步

问我,说完了?说完了。父亲说,外边正下雨吧?我说是。我很纳闷,父亲远隔千山万水,会怎么知道外边正下着大雨?孩子,这人生就像这天,有刮风下雨的天,也有风平浪静的天。可不管雨多么大,总有停的时候……父亲的话如醍醐灌顶,在我心里亮起一道闪光,照亮了我灰暗的一颗心。

我重整旗鼓,第二天,信心百倍地汇入人流,找寻那不知躲在哪里的客户。老天开眼,这天,我终于签下了第一份过十万元的大单。

说到这里,张良再次轻轻抿了一口酒,笑了笑说,您看老师,我竟对您说这些破事,让您见笑了。

哪里话,我很想听,那第二个电话是……?

您真的想听?

我重重地点点头。

从那以后,我的业务顺畅多了,收入也一天天好起来。一年后,我的那两个同学都相继被提拔当了部门经理,可我仍在基层当业务员。我不理解,觉得公司亏待自己,老总没把自己看在眼里。我的心情再次陷入苦恼之中,人也开始懈怠,业绩出现滑坡。

同样是一个阴雨天,我再次坐到那家小酒吧,还是那个临窗的位子。我独自一人喝着闷酒。这时,父亲的电话来了。像上次一样,我把苦恼一股脑地倒给父亲。父亲说,外边一定下着大雨吧?我说,是。孩子,这人生就像这天,有刮风下雨的时候,也有风平浪静的时候。可不管你有没有雨衣,也不管雨怎么下,你都不要停止自己的奔跑,因为再大的雨也有停的时候……父亲的话如寒夜里的一道闪电,划破了我灰暗的心灵的夜空……这以后不长时间,我被公司提拔当了总经理助理,我的事业由此开启了新的一页。

说到这里,张良轻轻抿了一小口酒,没等我问第三个电话,他接着说了下去。

每一棵小草都会有春天

这第三个电话是在三年前,那时我已经是总裁助理,在公司我的位置已是相当的高。我开始孤傲起来。时间一长,我感觉朋友越来越少,很多人对我都敬而远之。就连非常要好的一同出来打拼天下的那两个同学也貌合神离。我的心情再度跌入无底的深渊。

又是一个雨天,我又一次坐在那个不起眼的小酒吧,坐在那个临窗的位子,孤零零喝闷酒。望着斟满酒的杯子,我却无法咽下。窗外的雨越下越大,大颗的雨点砰砰砰敲打着屋檐下的水桶,仿佛敲打着我的一颗心。

这时,父亲的电话又来了。和上两次一样,我把苦恼一股脑地倒给老人家听。父亲说,外边还在下雨吧?我说,是。孩子,下雨天总会有人没带雨伞。这时恰好你手里有雨伞,你要学会和别人共打一把伞……因为雨再大也有停的时候……这以后不长时间,我被公司提拔当了总经理。两年后,我坐到老总的位子……

张良的三个电话让我陷入了沉思。

从酒宴上回来,我的步子迈得很轻松很轻松。因为我想早一点告诉我的那些在读的学生,告诉那些还在求职路上身陷迷茫中的人们,不管遇到什么困难,都要坚信雨总有停的时候。

袜 子

那天,女秘书第一次看到大蒜脚上穿着那些粗糙的棉袜子,听了大蒜关于袜子的那些故事时,嘴巴张成了一个大大的O型。大蒜觉得女秘书夸张时的表情很好看,心里第一次为自己穿那样的棉袜子感到难为情。

> 第二辑　天亮,因为你的脚步

　　大蒜从小就是个马大哈,做事总是丢三落四的。大蒜兄弟三四个,小时候一个炕睡觉,早晨穿袜子,大蒜不是左脚穿了大哥的一只,就是右脚穿了二哥的一只,要不就是一只脚穿了自己的,另一只脚穿了别人的。

　　大蒜结婚时闹了一个笑话。洞房花烛之夜,新娘小葱把自己的红鞋红棉袜子放在炕前根下,早晨起来却发现少了一只袜子,怎么也没找到。小葱以为叫老鼠给拖走了,把老鼠洞都掏空了,没想到却在大蒜的脚上找到了,弄得小葱哭笑不得。

　　大蒜穿错老婆的袜子的事总是隔三岔五地发生。小葱没办法,只好把自己的鞋袜和大蒜的单独分开放。大蒜终于穿不错老婆的袜子了。可那时困难,每人至多有一双棉袜子,尼龙袜子是绝大多数人连想都不敢想的事。大蒜虽然穿不错老婆的袜子,但又经常找不到自己的袜子,不是今天少了左脚的,就是哪天少了右脚的。

　　那年,大蒜和小葱合计着在村里开了个小卖部,大蒜常去县城提货。大蒜穿袜子破得快,小葱只好给买下三四双不同颜色的袜子准备着。可另一个毛病又出来了,大蒜经常穿叉班袜子,常常左脚穿的是黑色的右脚却是灰色的,要不右脚穿的是白色的左脚却是蓝色的。

　　那时城乡条件已经好转,穿尼龙袜子开始时兴。有一次,大蒜穿着叉班袜子去赴宴,不小心让人看见他穿着叉班棉袜子,落了好一顿笑话,大蒜虽然觉得没面子,但仍旧喜欢穿棉袜子,因为棉的穿在脚上既暖脚又舒服。

　　当然,大蒜也曾试着改掉自己这个颠三倒四的毛病,可都无功而返。小葱为此伤透了脑筋。万般无奈,只好给大蒜买下厚厚几大摞颜色、式样完全一样的棉袜子放着。

　　大蒜开了几年小卖部手里攒下一部分资金,进城办起了一家小

119

每一棵小草都会有春天

规模的厂子。小葱舍不得村里的那个小卖部，自己留在家里开卖部。

大蒜在县城的生意风生水起，企业由小到大。大蒜摇身一变成了响当当的老板。这期间，大蒜一直是城里乡下地跑，和小葱过着牛郎织女的日子。为了保证大蒜天天穿着同一颜色的棉袜子，每次回来，小葱都给早早准备好七八双同样的棉袜子让大蒜临走的时候带回去。

大蒜觉得棉袜子不舒服是从招聘了一位女秘书两个月之后开始的。女秘书是个大学毕业生，年轻又漂亮，思想和她的穿戴一样很时尚很前卫。大蒜起初看不惯女秘书，但女秘书很能干，在接连陪他谈成几大笔生意之后，大蒜也就对女秘书另眼相看。

那天，女秘书第一次看到大蒜脚上穿着那些粗糙的棉袜子，听了大蒜关于袜子的那些故事时，嘴巴张成了一个大大的O型。大蒜觉得女秘书夸张时的表情很好看，心里第一次为自己穿那样的棉袜子感到难为情。

当天，女秘书自掏腰包给大蒜买来了尼龙袜子。穿着女秘书给买的尼龙袜子，大蒜觉得从没感受过的舒服。那一刻仿佛自己年轻了许多。之后，大蒜就天天穿女秘书给买的尼龙袜。只是每次回去看小葱的时候，大蒜才换上棉袜子。大蒜每次从乡下回来，后备车厢里总是放着厚厚一摞棉袜子。可是，一到县城女秘书就将那些袜子垃圾一样扔到大蒜的床底下。对女秘书的这一举动大蒜总是睁一只眼闭一只眼。

大蒜提出跟小葱离婚是在一年之后。

大蒜为此做好了充分的准备，不管小葱提出什么条件他都会答应。可出乎大蒜的意料，小葱什么条件也没提，只平静地给了大蒜一只结婚时的旧箱子，并要他保证，不到万不得已的时候不得打开。

第二辑　天亮,因为你的脚步

大蒜不久就和女秘书结了婚。新妻子给大蒜买了很多很多更高档尼龙袜。大蒜穿着那些袜子觉得很美气,很有派头。

大蒜陶醉在新生活之中,早已忘却了床下的那只箱子。

天有不测风云,大蒜的公司货款被骗,公司面临破产,大蒜的秘书妻子卷走了公司所有财产跟一个小白脸逃之夭夭。大蒜一夜之间变成不名一文的穷光蛋。彷徨无助的他也曾想到那个远在乡下开小卖部的小葱,可又没这个勇气。走投无路的大蒜决心以死了之。就在他失魂丧魄地爬上悬崖准备跳的时候,脑子里突然想起家里的那口箱子。好奇心阻止了他的这一举动。他决定看看那口箱子再死不迟。

大蒜踉踉跄跄返回家中,从床下拉出那只布满灰尘的箱子,打开一看,里面是厚厚一摞颜色、式样都完全一样的棉袜子。那些袜子都是同一个牌子——聚龙。他忽然想起,聚龙袜业的一则广告:聚龙棉袜,暖脚、暖心、暖人。

倏地,一股暖流袭上心头。

霎时,大蒜泪流满面……

大蒜不知道,这些袜子都是离婚前,小葱特意到镇上那座温州小商品批发城买的。

天亮,因为你的脚步

他永远也无法知道,自己为之得意的那句"天亮,因为你的脚步"并非自己的独创,那是父亲当年被辞退后在一次晨跑中悟出的道理。

每一棵小草都会有春天

他的求职遇挫故事和报刊、电视上看到的无数大学生求职经历几乎没什么两样。

那年，他大学毕业后，怀着对未来美好的向往，到了南方一座经济发达城市找工作。在接二连三碰壁之后，他才明白，现实远没有自己想象的那么好，甚至有些残酷。那些把他拒之门外的理由，不是嫌他学历不高，也不是因为他在大学没获过奖，更不是因为他长得不够帅，而是没有多少实践经验什么的。或者给的工资太低，低得连自己基本的生活都维持不了。

怀着失望，甚至是绝望的心情，他垂头丧气地回到老家，回到父母的身边。他是村里走出的第一个大学生，是全村人仰视的对象。灰头土脸地回来，他觉得无颜见江东父老。那些日子，他躲在家里，不是唉声叹气，就是埋头睡觉。就这样一天到晚无所事事百无聊赖地打发着漫长而苦涩的日子。

第一场雪到来的时候，他在家里已经闷闷地度过了一个月。他已经到了颓废崩溃的边缘。他埋怨天埋怨地，埋怨老天爷对他不公，当然也埋怨父亲的无能。

他的父亲曾当过多年民办教师。后来上头一个文件就把他们这些大半辈子献给教育热爱教育的人给辞退了。父亲没有多少怨言和牢骚，平静地回到家当了农民，很快成了种田的好手。看上去跟普通农民没什么两样。当民办老师留给父亲的唯一爱好是晨跑。那是几十年养成的习惯。

在他回家的一个月里，父亲曾不止一次劝他想开点，多向前看，大不了回来和自己种地，当农民。每次父亲这么说，他都从心里涌起一股强烈的反感，恨不能和父亲结结实实吵一架。

那天早晨，他和往常一样还在蒙头大睡。父亲把他叫起来，让他跟自己一起出去跑步。外面黑乎乎的。在父亲喊了他十几遍之后，

第二辑　天亮,因为你的脚步

他才懒洋洋很不情愿地从被窝里爬起来,跟着父亲出去。

时间五点钟半左右,外边黑乎乎一片,几步之内看不清人面。开始,父亲和他并排跑。期间父亲几次想跟他说话,他都懒得搭理。无奈何,父亲干脆撂下他,一个人在前面跑,他跟在后面。

天一点点亮起来。跑着跑着,父亲听他自言自语,我每跑一步,天就亮一点点,跑一步天亮一点,这老天爷可真是听话啊,要是我的求职之路也能这样就好了。

他的话父亲听得清清楚楚。父亲眼前一亮,故意放慢脚步,接过话茬,说,是啊,跑步就是这样。乍看周围一片漆黑,仿佛没有光亮,没有希望,看不清路在哪里,是弯还是直,但你只要一直跑下去,天就一点点亮起来,跑一步亮一点,直到你跑得足够远,天也就大亮了。这世间很多事和跑步一个样。

这么说,天亮,是因为我的脚步?他疑惑地看着父亲。

父亲重重地点点头。

他一言不发,沉思良久。眼前仿佛一道闪电划过,他隐约看到一条路,一条从没走过的路。

当天,他擦干泪痕,收拾行囊,昂首挺胸,一个人去了另一座城市。在这里,他遭遇了和先前那座城市几乎一样的境遇,但他记住了父亲那句话:天亮,是因为你的脚步。一个月后,他找到了一份销售工作。他埋下头,心无旁骛地做下去……

二十年后,他成了一个小有名气的推销师,经常应邀到一些著名学府给即将走出大学校门的学子们作求职报告。每次他都会讲到那次和父亲一起跑步的经历,讲起自己的感悟,讲起自己的求职经历……他每次讲完自己的求职故事之后,他都不无感慨地说,世上从来就没有随随便便的成功,困难和挫折在所难免,这并不紧要,要紧的是永远都不要停止你的脚步,天往往在你迈出

每一棵小草都会有春天

下一步的时候豁地一下就亮了,你也就看清了自己正在走的路和以后要走的路……

报告进行到最后一句的时候,他总习惯性地把手用力一挥,大声说:天亮,是因为你的脚步!这是我一生的体悟,是我的独创,我和鲜花。

那时他的父亲已经去世。他永远也无法知道,自己为之得意的那句"天亮,因为你的脚步"并非自己的独创,那是父亲当年被辞退后在一次晨跑中悟出的道理。那次父亲要他起来跑步其实就是想告诉他这句话。

麦苗花

可我心里很纳闷,是啊,牛雅茹,就算你家没有好花好草,带什么不好,却偏偏带来一盆麦苗?也难怪赵芊芊说风凉话。

"雅丽,你的这盆牡丹真漂亮,真不愧是'花中之王'!"

"这盆芍药谁拿的?还有这盆水仙、这盆菊花、这盆兰花,美死了!"

……

周一早晨,我刚走进教室,就听班花赵芊芊指着窗台上摆放的一溜盆花,大呼小叫地跟牛雅丽品头论足。

"哎——班副大人,你拿的什么花?嘘——先别回答,让我再瞧瞧,杜鹃,是杜鹃,没错!十大名花啊,够意思!"见我端着一盆杜鹃花进来,赵芊芊踮着脚凑上来,弯腰看着,吮吸着鼻子,表情极夸张地说。

"一盆、两盆、三盆……都二十多盆了,这下班主任该放一百个心了,学校最美教室评选,有了这些名花异草,冠军非咱们班莫属了。"赵芊芊信心满满地说,"怎么样班副大人?本小姐的号召力还行吧?"

"那是自然,也不看看你是谁啊?"我故意说,心里却说,"你就臭美吧你!"

上星期,班主任司马老师召开班会,传达学校"十佳最美教室"评选活动通知。每人捐一盆花迎查的点子就是赵芊芊先提出来的。

上午上课前,同学们陆续把花花草草的带来了,有捐一盆的,也有两盆的,赵芊芊一人捐了三盆。教室的窗台、两旁的走廊都摆满了五颜六色的鲜花,整个教室芳香四溢,成了一个花的世界和香气的海洋。

"咦?全班同学都争着捐花,怎么就牛雅茹一个人没带?难道连盆花都不舍得?太小气了吧,一点集体荣誉感都没有!"赵芊芊手里拿着捐花统计表,愤愤地说。这个赵芊芊嘴巴一向很厉害,平时没几个人敢惹她。

"谁说我没带了?"牛雅茹涨红着脸,眼睛瞪着,看着赵芊芊。她一转身,从后背上那个又大又旧的书包里,提出一个沉甸甸的塑料袋,咕咚一下,放到桌子上,说,"看看,这是什么!"说着,牛雅茹气鼓鼓地褪下塑料袋,一盆绿油油的麦苗赫然呈现在那里!

"咦?这不是麦苗吗?这算什么花?这不是给班里摸黑吗?别丢人现眼了。"赵芊芊揶揄道。

"是麦苗咋的了?谁说麦苗不能当花?"牛雅茹说,一张小圆

每一棵小草都会有春天

脸因为过于激动而红得像熟透了的苹果。她眼睛红红的,一汪眼泪嘟噜着,在眼圈里打转转。

作为牛雅茹的同桌的我,实在看不下去了,便顶撞说:"芊芊,你不要那么刻薄好不好?人家没拿花,拿来一盆麦苗装扮教室怎么不好?照我说,只要有这份心意就行了。"

赵芊芊气呼呼地说:"你!哼",一扭头,不再言语。

可我心里很纳闷,是啊,牛雅茹,就算你家没有好花好草,带什么不好,却偏偏带来一盆麦苗?也难怪赵芊芊说风凉话。

整整一个上午,牛雅茹都咕嘟着嘴不说话。我知道,她一定还在生赵芊芊的气。作为她的同桌好朋友,我不能坐视不管。

中午,我约牛雅茹在学校的操场谈心。牛雅茹最终向我道出了她带麦苗来的原因。

牛雅茹的爸妈常年在外地打工,家里只有她和奶奶两人过日子。奶奶年纪大了,腿脚、眼神也不好,家里一盆花也没有。爸妈一年到头只有夏天割麦子的时候才回家割麦。所以,每年收获小麦的那几天,是她和爸妈团聚的日子,也是她最快乐的时光。每年冬天,她都会悄悄种上一盆小麦,偷偷放在自己睡觉的小房间。从麦子种上到发芽到接穗,她天天瞅着,浇灌着,倒数着爸妈回家的日子。

牛雅茹说,我把麦苗放在教室,除了可以用麦苗的绿意美化教室外,还有一个小秘密,就是能随时看到麦苗,就像爸妈陪伴在我身边,心里盘算着还有多少天麦子就开花了,结穗了,成熟了,可以开镰收割了……

牛雅茹说着些事的时候眼睛红红的,声音哽咽着。她仰着头,对我说:"这些你能替我保密吗?"

我点点头,对她说:"让我们一起守护这盆小麦花好吗?"牛雅茹开心地笑了。

可我还是没能守住这个秘密，下午放学时我去了班主任办公室。

第二天，班主任在班上讲述了一个留守女孩和一盆麦苗花的故事。每个同学听了都向牛雅茹投去关爱的目光。赵芊芊的脸更是红红的。下课后，她主动找到牛雅茹诚恳地道歉。牛雅茹笑了笑，拉起赵芊芊的手，摇了摇手中的跳绳，一起跳起最喜欢的花样跳绳。

周三，学校进行最美教室验收。来验收的领导和学生会的同学都对我们班满教室的花赞叹不已。副校长对那盆碧绿的麦苗花产生浓厚兴趣，弯着腰看了好久，问了许多……

周五下午，学校举行最美教室颁奖大会。我们班榜上有名，更令人高兴的是，牛雅茹的那盆麦苗花被评为最美之花。校长还亲自给我们班给牛雅茹颁了奖，还在会上动情地讲述了女孩和麦苗花的故事……

第二周，学校在全体女教师中开展"代理妈妈"结对子活动。班主任和女工主任成了牛雅茹的代理妈妈。那天下午课外活动，我看到，牛雅茹拉着两位代理妈妈的手，有说有笑，幸福极了。

在赵芊芊的倡议下，我们班每个同学都和牛雅茹一样，成了那盆麦苗花的护花使者。只是有个全班只有牛雅茹不知道的秘密——大家每人早早准备好了一把镰刀，等麦子成熟时节，相约一起去牛雅茹家割麦子。出这个点子的人就是赵芊芊。

每一棵小草都会有春天

没有雨伞你必须跑

每当接一个新的班级，或者面对那些不认真学习的学生，我都会情不自禁地讲起"没有雨伞你必须跑"的故事……讲着讲着，我的眼睛润湿了，朦胧中，那位白发苍苍、朴实慈祥、不乏睿智的老校长仿佛正笑吟吟地朝我走来……

那年，大学毕业分配前夕，班里不少同学纷纷找人托关系，往县城或条件好的乡镇分。我家世代为农，没有任何关系可依靠。全班50多名同学数我分得最差。这是全县最偏远的一所乡村小学。学校坐落在一个荒凉的山岭上，前不着村后不靠店，工作和生活条件之艰苦远远超乎我的预料。我的心情糟糕透了，只想着有朝一日自己时来运转，靠上个关系，早一点调离这个兔子不拉屎的地方。

一个学期过去，我心里像有一根浮萍，一直漂浮不定，工作无法进入状态，教学成绩很不理想，家长意见很大。这让我十分痛苦又无奈。我的这一切自然逃不了老校长的眼睛。校长姓赵，是个五十多岁的老民师，话语不多，满头白发，被山风吹得乱糟糟的。除了说话有些慢条斯理，透着几分文化人的气息，外表乍看起来跟当地农民没什么两样。

赵校长曾几次找到我，跟我谈心，让我本着既来之则安之的心态，好好工作，不要辜负了自己的青春年华和学生家长的期待。

第二辑 天亮，因为你的脚步

这些老生常谈的话，我哪里听得进去。照旧浑浑噩噩，吊儿郎当过日子。

这天是个周六，上午快放学的时候，校长再次找到我和我谈心。我正心不在焉地听着，天气骤变，乌云密布，顷刻间下起瓢泼大雨。放学的钟声如期而至。那些有雨伞和雨衣的老师学生冒着雨走了。没有带雨具的只好冲进雨里往家赶。赵校长就住在学校，家离办公室大约 300 多米远。赵校长让我到他家吃饭。起初我没答应，怎奈经不住校长的盛情，只好答应了。可看着室外如注的大雨，我犹豫不决。因为两人都没有带雨具，这样出去非淋雨不可，闹不好还会淋病的。赵校长催促我快走，别误了吃饭。说着，他一头冲进雨里。我赖在那里不走。赵校长扭头看了我一眼，喊了一声：果断点，快走啊！见状，我只好硬着头皮钻进雨里。等跑到校长家的时候，我们两人都早已淋成了落汤鸡。我心里有些埋怨，这么大的雨，干吗那么着急，不就吃顿饭吗，有什么了不起的。

下午星期，不上班，赵校长炒了两个小菜，从床底下摸出一瓶五莲老白干，给我倒上一杯，然后又给自己倒上一杯。就着简单的菜肴，两人你一盅我一杯对饮起来。两杯酒下肚，赵校长的话多起来。他端着酒杯，眼睛看着我，捉迷藏似地说，知道我为什么非让你冒雨来我家？我，说，当然知道了，不就是想让我来吃饭？错，除了请你吃饭之外，还有一个原因，而且这是我请你的主要原因。

还有什么原因？莫非是要批评我？我茫然了，继而脸红了。挨批就挨批吧，反正死猪不怕开水烫，还有说不上哪天我就调走了，让你批还能批几回？

你知道吗？在我办公室的抽屉里有两把雨伞，可我没有拿出来，

129

为什么？赵校长卖起了关子。

有伞不用，只有傻瓜才做这样的事。你这不是故意让我淋雨吗？我心里又纳闷又有些不高兴。

小厉啊，我知道你来这里心里堵得慌，你觉得自己很委屈很无奈。我也知道，分到这里来的老师，除了自愿的，大都是没有关系门路的。你的心情我都可以理解，人往高处走水往低处流，这是很正常的现象。但既然我们来了，就要勇敢面对没有"伞"的现实，用自己的智慧和汗水，开创出人生的一片新天地。比如这大雨天，你没有伞，或者恰巧没带雨具，怎么办？不走了？不可能，这时你能做的，只有横下心，硬着头皮，冲进雨里去，跑。这是你唯一的选择，你不知道雨到底什么时候停……你是一棵好苗子，可不要辜负了自己啊……赵校长说着轻轻啜了一小口酒，看着我，似乎等着我的回答。

赵校长的一番话如醍醐灌顶，让我大梦方醒。没有雨伞你必须跑！这是多么富有人生哲理的话。我端起酒杯，一仰脖，将半杯酒一饮而尽。我红着脸，说，校长，您放心，我知道该怎么做了。

从那以后，我牢牢记住了赵校长的这句话，将心思收回来，认真钻研教学，耐心辅导学生，积极参加教研活动。一年后，我便从十几个青年教师中脱颖而出，成为全县语文骨干教师。同时，我还坚持业余文学创作，兴办文学社。

而今，二十年过去了，当年二十出头的我，仿佛眨眼工夫已人到不惑之年。我也成长为一名省级骨干教师、省作协会员，在当地语文教学界和写作界有了一定名气。在我的头上也有了不少"雨伞"：有几位领导很赏识我的教学和写作才华，几次要我改行到党政机关当秘书，或者进县城当教研员，都被我婉言谢绝了，而甘愿继续留在这里当一名普普通通的语文老师。而那位用心良苦的老校长也早已退休，赋闲回家。

每当接一个新的班级，或者面对那些不认真学习的学生，我都会情不自禁地讲起"没有雨伞你必须跑"的故事……讲着讲着，我的眼睛润湿了，朦胧中，那位白发苍苍、朴实慈祥、不乏睿智的老校长仿佛正笑吟吟地朝我走来……

老师也犯过你这样的错误

给他一个希望，让他相信像老师这样犯过错误的人，只要真心悔过，不破罐子破摔，一样可以当老师，一样可以成为一个对社会对他人有用的人。

自从一个月前当了初二（10）班的班主任，我就没睡过一个安稳觉。这些孩子实在太难管了，班里时不时冒出个事，比雨后的春笋冒得还快。不学习、上课捣蛋的那是家常便饭，打架、破坏公物之类的事情摁倒葫芦瓢起来，搞得我焦头烂额，真想把这个班主任给辞了，可又有些于心不甘：我这个一直做学生思想政治工作的政教主任，难道就这样轻言放弃？岂不让人笑掉大牙？

可面对各种制度形同虚设，面上批评教育无效的情况，我该怎么办？一连几天我茶饭不思地冥想。那天无意中翻看兵法名著《三十六计》，眼前豁地一亮，我决定调整管理策略，采取各个击破的方针。先抓个典型，给个厉害，杀鸡骇猴，看谁还那么胆大妄为，无法无天！

每一棵小草都会有春天

正在我为抓捣蛋大王王小萌当典型，还是愣头青赵二虎当典型的事犹豫不决的时候，这不，班里又出事了——

牛亚丽的30元钱不见了！那是她准备买饭分的钱。牛亚丽的家境很不好，这30元钱对她来说不亚于一笔10万元的巨款。牛亚丽说，下课的时候她把钱放在课桌洞的文具盒里，上课时就发现不见了。看着牛亚丽泪眼汪汪的样子，我心里很生气又着急。给她垫上这30元钱好说，可这样做会不会纵容那个"拿钱"的学生？不给她，那她吃饭咋办？经过一番思考，我决定先进行调查，揪出那个"贼"，给牛亚丽一个交代，同时也给那个"拿钱"的学生一个教训、给全班学生一个警示。

经过一天的明察暗访，目标锁定在顾全宝身上，因为有学生悄悄告诉我亲眼看见他拿的，并且那钱就藏在顾全宝的一本书里。这个顾全宝父母都是小商贩，顾不上管他，别看他个头不高，在班里破坏力不小，学习成绩差不说，经常惹个麻烦，不是把教室的窗帘扯下来，就是把黑板擦扔到屋顶上。周围有四五个男生课上课下地围着他，一口一个大哥喊着。这样的学生不正是我要选的典型吗？但为了慎重起见，我把他叫到办公室，进行详细调查核实。

全宝，做了什么事，说吧。

我做什么了？我没做什么！

真的没做？

没。

敢肯定？

敢。

别看他嘴上挺硬，可脸红了，眼神有些慌乱。毕竟还是孩子，犯了错误怎么会镇静自若，一点迹象也没有呢？

第二辑　天亮，因为你的脚步

要是我有证据呢，你敢再说一遍？我目不转睛地看着他，步步紧逼。

我……

他开始吞吞吐吐起来，两只脚不停地来回蹭着地面。看来是他"拿"的无疑了。

是你去把钱拿来还是我跟你一起去？

别别，我……我自己去。说着，他转身跑出办公室，一会儿又回来了，手里攥着30元钱，轻轻放到我办公桌上。

老师，我……我错了。您能不能不要在班上说，还有不要告诉我爸爸……他哀求说，我爸爸会打我的，同学也会看不起我……

早知今日何必当初？现在才知道害怕了？等着看我怎么修理你！就在那一刻，我突然想起上大学时讲授教育学的马教授。曾经语重心长地说过一句话：即便是一粒干瘪的种子，也会生根发芽开花结果。要相信种子，相信岁月！我惊出一头冷汗，沉思片刻，我决定改变了主意，想再给他一次机会。

你有决心改吗？这样吧，你先别先表决心，但你得先听我给你讲个故事。一个和你一般大的孩子，也是上初二的时候，学习成绩比你还糟糕，不守纪律，吊儿郎当。那次一时糊涂，偷拿了同学的50元钱，被老师发现，他也怕父母知道揍他，怕同学瞧不起他，请求老师替他保密，老师最终答应了，但老师提出一个条件，那就是彻底改过，好好学习。孩子经过一番考虑后同意了老师的要求……后来，这个孩子果然说到做到，成了一个优秀学生，考上大学……

我注意到，我在讲这个故事的时候，顾全宝眼睛睁得大大的，说，老师，我想知道，这个少年现在怎么样了？他又是谁？

你真想知道？

每一棵小草都会有春天

想。

这个男孩大学毕业后当了一名中学老师,再后来又当了班主任……他不是别人,是你们的班主任——我!

这是真的?老师,您……您也犯过我这样的错误?他显得很吃惊,将信将疑。

老师是人啊,是人都会犯这样那样的错误,而且那时候我还是个孩子,也犯过和你同样的错误,这是很正常的……

那您成了老师,我最想长大了当老师了……他激动地看着我,老师,您看,老师将来能当老师吗?

能!我斩钉截铁地说,我等你当上老师的那一天喝你的喜酒。

于是,这个约定在我和顾全宝之间悄悄进行。后来,顾全宝真的变了,不仅爱学习了,并且不再拉帮结派,更没有小偷小摸现象发生。他还被同学投票选为班长助理。在他的影响和带动下,班风学风逐渐有了好转。

顾全宝虽然后来没有考上大学,可他高中毕业后进厂当了一名技术工人,成了一个自食其力的劳动者。

至于老师也当过一次"小偷"的事,现在我可以坦白地说了,其实,那样的事我压根就没做过。当年我之所以这么说,就是想给顾全宝一个机会,给他一个希望,让他相信像老师这样犯过错误的人,只要真心悔过,不破罐子破摔,一样可以当老师,一样可以成为一个对社会对他人有用的人。

事实上,顾全宝已经做到了。至于当没当老师早已不那么重要。

第二辑　天亮,因为你的脚步

杜鹃花儿开

只是有一件事令同学们不明白:这个谁的话也听不进去的拗头赵二虎突然变了,变得勤奋守纪律了……

牛主任刚进校长室人还没站定,司马校长就发话了:杜鹃花又丢了一棵,照这样下去全校园的花草还用几天不丢光了?查,一定给我查出来!不管是谁干的,一定要严肃处理,决不宽恕!

牛主任看着校长涨红的脸,知道校长这回是真生气了,嘴上连忙答应着,查马上查。一出校长室,牛主任就直奔校园东北角的那个大花坛。

这是一个几百平方米的一个花坛。正值五月,花坛里的杜鹃花、月季花姹紫嫣红。特别是那几十株野杜鹃,红艳艳的一片,如霞似锦,火烧云一般,令人赏心悦目。

司马校长很喜欢杜鹃花,家里也养着十几棵杜鹃花。自从去年学校建起了这个杜鹃花园,司马校长几乎每天都要来这里三四趟,时而倒背着手转,时而弯腰瞅一瞅,越瞅越喜爱。在他眼里,那些杜鹃花简直就是自己的孩子。

可就在前几天早晨,司马校长发现花坛里少了一棵杜鹃花。好好的花坛少了一棵花就多了一片空地,要多难看有多难看。还有,偷拔学校的花草这是不爱集体的表现,是道德问题,不可小觑。

司马校长又心痛又生气,责成分管学生管理和校园环境建设的

每一棵小草都会有春天

政教处牛主任写出通报，限一天之内，那个拔走杜鹃花的人把花交回重新载上。通报写出后，在全校上下引起极大反响，学生们一个个义愤填膺，纷纷谴责那个偷花贼。

可是一天过去了，花坛里那个空缺的地方并没有补上。第二天还是如此，第三天仍然如此。司马校责成牛主任查，一定要查出来看是谁拔走了那棵杜鹃花！可就在牛主任挖空心思明察暗访的时候，没想到第四天，也就是今天早晨再次发生丢失杜鹃花的事。

牛主任站在花坛边，看着花坛里空出来的地方心里很自责。学校的花接连被拔，不管是老师还是干的，他都是有责任的。牛主任叶爱花。家里也养着几盆和学校花坛里一样品种的杜鹃花。他很理解司马校长的心情。此刻，他正苦苦思索着如何才能找到偷拔杜鹃花的人，制止此类事情再次发生，同时也好给校长一个交代。

两棵杜鹃花都是头一天下午还在到了第二天早晨就不见了，莫非是上晚自习的学生拔的？想到这里，牛主任心里豁然一亮，有了！

晚上，牛主任早早来到学校，悄悄躲在离花坛不远的那座办公楼上站在窗子前，眼睛一眨不眨地盯着花坛。

七点，八点……花坛旁什么动静也没有。八点半，晚自习钟刚响过不久，花坛边出现了一个矮小的身影，牛主任赶紧悄悄下楼靠过去。就在他刚要喊住手的时候，突然发现黑影居然是自己兼课的那个班的赵二虎。

对赵二虎牛主任是熟悉的。他个头不高，学习吊儿郎当，天天大错不犯小错不断，自己曾多次找他谈话可都无济于事。没想到啊没想到，他居然是那个接二连三作案的"盗花贼"！牛主任很想冲上去狠狠教训他一顿，可长期做学生思想政治工作的他及时阻止了自己的鲁莽行动。

第二辑　天亮,因为你的脚步

他为什么要偷花？牛主任决定先不惊动他，等调查清楚原因再说。

牛二虎是个走读生，家离学校不远。牛二虎一个人在前边一边走一边哼着歌。牛主任远远地跟在后边。牛二虎刚搬开那个破栅栏门，屋里灯亮了，接着传出一阵居然的咳嗽声。

虎子……虎子回来了？

爸，是我。您躺着别动，这是您最喜欢的杜鹃花，我今天又向同学要了一棵……

明明是偷的，却说是要的，牛二虎啊牛二虎，你什么时候学会撒谎了！牛主任生气地想。

以后别再向同学要花了，人家养花也不容易……哎，我这辈子就爱看杜鹃花，看着它我就想起你那的娘，你知道吗？你娘的小名就叫杜鹃……

爸，别说了……我那同学说了，只要您喜欢花，能早一天治好您的病，他就天天送我……

牛主任一下子全明白了，心里轻轻说，这孩子！一阵心酸涌上心头，赶紧转身离去。走远了，牛主任回头朝赵二虎的家看去，那盏并不很亮的灯光在黑夜中显得那么明亮，像天上那颗最亮最亮的星星……

当晚，牛主任校长办公室。

第二天刚下晚自习，赵二虎突然发现自己的书包里多了一个透明塑料包，里面包裹着一枝鲜艳的杜鹃花和一封没有署名的字条。上面写着：你对你父亲的孝心令人感动，你爸爸也是一个杜鹃花迷，以后你会准时收到一棵杜鹃花……记住，这是属于你我两个人的秘密，不要告诉第三个人。看着熟悉的笔迹和那枝怒放的杜鹃花，赵二虎的嘴唇哆嗦着，两行热泪从脸颊上悄然滑下。

从此，花坛里丢失杜鹃花的事一次也没再发生。

只是有一件事令同学们不明白：这个谁的话也听不进去的拗头赵二虎突然变了，变得勤奋守纪律了……

跳楼事件

望着匆匆远去的救护车，他心里一阵轻松。他哼着小曲朝百货大楼走去。突然，手机响了，传来女友急促的声音：国啊，快来，我妈送进医院了！快！

他谈了一个女友，他非常爱她，哪怕为她献出生命。可是，他俩的情事却遭到女友母亲的强烈反对。女友母亲嫌他是打工仔，啥也没有，没钱没房没车更没地位，怕女儿跟着受苦。而女友是刚大学毕业入职的公司白领。

女友家在他打工的小城，距他租住的房子并不很远，他曾几次提出上门看望老人家，也好让老人家认识认识，消除一下隔阂，说不上事情会有转机，可女友怕他去了让母亲更烦，把事情搞砸。他想也是。他也就始终不知道女友家的门朝哪，未来的岳母长啥样。

他为此很郁闷，胸口里像有一团火在冲撞、燃烧。对女友的母亲说不清是怨恨还是理解。有时他真想和女友断了，可女友的情，女友的爱，女友的缠绵，让他难分难舍。

按正常情况到了该谈婚论嫁的地步了。他想，"丑媳妇迟早见

第二辑　天亮,因为你的脚步

公婆",何况他一个大小伙子?要不提早破冰那将来怎么相处?他终于说通女友,上门见女友母亲一面,好好谈谈,让女友母亲看到他是多爱她的宝贝女儿,尽管自己的条件配不上女友。

他去百货大楼买上门的东西,远远地看到一群人,围在路旁的一座大楼下,一个个仰着头往上看。附近还有不少人往这儿跑。他像被一根无形的魔棒牵引过去。他也仰头看,只见一个体态有些臃肿的女人披头散发,站在四楼顶上准备往下跳。

围观的有踮着脚抻着脖子的,有打听事的,有小声议论的,喊喊喳喳,啥声音都有。一旁有人说,听说这女人的钱包被偷了,女儿谈了个对象她看不上,一时想不开跳楼。他心里莫名其妙地涌出一种对中年女人的愤怒抑或说是仇恨,眼前的一切让他有一种幸灾乐祸的感觉。

围观的抻久了,累了,没了耐性,可谁也不想离开,都想等待结果,等待水泥地板上瞬间开出的那一大朵红花。大家有捋脖子梗的,有乱嚷嚷的,又拿出手机按键的……

他身边有人小声说,要么快跳,要不就走下来,谁有这个闲工夫站这里?他突然有了较前更强烈的发泄的欲望和冲动。像有鬼神扒开他的嘴巴,他情不自禁地放开嗓子对着楼上的女人高喊一声:你到底想跳啊还是想走下来?赶快拿主意,大家都很忙,没时间陪你!他看到,那女人好像愣了一下,低头往这边看,好像没听清,头发往后拢了拢。他越发来劲了,又喊了第二声、第三声……一旁的人也跟着喊:别耽误大家时间,快拿决定!女人这回听清楚了,纵身一跃……

救护车急驰而至……

望着匆匆远去的救护车,他心里一阵轻松。他哼着小曲朝百货大楼走去。突然,手机响了,传来女友急促的声音:国啊,快来,

每一棵小草都会有春天

我妈送进医院了！快！

什么？你妈病了？住院了？别急别急，我马上来！

表现的机会到了。他有些兴奋。他顾不得买东西，拦住一辆出租车，朝人民医院奔去。

女友眼睛红肿着，一头扑过来，哭着说，我妈在还在急救室抢救。从女友断断续续的哭诉中他听明白了，她妈妈去百货大楼买东西，钱包被偷了，她一时想不开爬上楼顶，正迷糊，都怪那些看客瞎起哄，我妈这才从楼上跳下来……

什么？跳楼的是你妈？他震惊得差点喊出来。

想起自己刚才在楼下带头吆喝和女友妈妈站在楼顶追着声音看他的情景，他心里咯噔一下，完了，这要是她妈醒过来认出自己，那他和女友的事就算玩完了。

他眼前浮现出女友对自己的好，羞愧不已。他不知怎么走出的医院，又怎么进的酒吧喝了多少瓶啤酒，后来又怎么从酒吧出来，怎么爬上的这座拆了半截的八层楼的楼顶……四周黑乎乎的空无一人。他站在楼顶，风呼呼刮着，他隐约听到远处传来一个声音：去死吧，死吧，死是让你解脱一切人间烦恼的最佳方法……

那一刻，他豁然开朗，眼前分明看到一束阳光，明亮而温暖地照着，他感到浑身从没有过的轻松、舒坦。他情不自禁，伸开双臂，像一只准备起飞的大鸟，踉踉跄跄，微笑着，循着声音追去……

警察判断他是自杀。

很多年后的一个夏日，在小城一条绿树如茵的马路上，一个中年妇女推着一个风烛残年的白发老太太，一边慢慢走，一边聊天——

"丫头，那天妈站在楼顶正想跳下，正好看见马路上一个妇女抱着一个小女孩亲昵，妈想起你小时候也经常这样和妈亲昵，妈清醒了，妈知道钱财是身外之物，妈更舍不得你，妈决定不死了，妈想从楼上下来，妈想打电话告诉你，妈想通了，同意你俩的亲事，没想到楼下有人大喊大叫，催我快拿主意。妈一辈子爱要面子，妈下不了这个台面，就心一横，糊里糊涂跳下去了，妈愚蠢啊……唉，可惜了国那孩子，他怎么不声不响跳楼了呢？都是妈害了他，妈糊涂啊，妈对不起他，对不起你们俩……"

你的等待，我最暖心的爱

晚上，我失眠了，彻底明白过来，原来，赵小山刻意等在那里，等我——不，确切地说是在等她的妈妈，他想陪妈妈一起走！

前段时间，身体不爽，请假休息一段时间，感觉不太见效。一个人在家孤独烦闷。还是上班好些，天天和孩子们在一起，忙，却热闹着。这样想着，便径直去了学校。

路上人不多，孩子们这个时间大部分已经到了学校，偶尔有一两个拖拉的小学生匆匆走过。

正埋头走着，在距学校东侧几十米处，差点和一个小孩撞了个满怀。正要发作，定睛一看，是他？三年级（3）班的赵小山！这个赵小山学习不怎么好，上学老迟到，我曾批评过他几次，可总没好转，原想去他家家访，不巧我病了，家访的事耽搁下来。隐约想起，就在昨天，我在学校东边的马路上散心，也看到他站在这里，像是在等人。

小山，你在这里干吗？像根木桩似的，还不快去上学？也许是见了自己教过的学生，心里格外亲的缘故，刚才的怒气，稍微平复

每一棵小草都会有春天

了些。

老师……我……他低着头，偷偷看着我，嗫嚅着。

快回教室上课，别老迟到！我的声音明显大了些。

他看着我，吞吞吐吐地说：我……

他似乎要说什么，我却没有了耐性，只一个劲粗催他快去教室。他又看了我一眼，红着脸，转身朝校园跑去。

第二天上午，去班里上课。兴许是我有些日子没来上课了，教室里顿时热闹起来。孩子们欢呼雀跃，兴奋异常。纷纷离开座位，跑到讲台，簇拥在我的面前。

老师，您好！

老师，我们想您！……

一张张小嘴麻雀似的，叽叽喳喳叫个不停。那情形，像迷失的羔羊找到了妈妈，喊不够，亲不完。我心里一阵感动，一股暖流涌遍全身。我陶醉在这种被孩子们亲热，甚至宠的氛围之中。全班像一锅沸腾的水，却只有赵小山坐在那里，很焦急的样子，屁股抬起又坐下，抬起又坐下。

在孩子们的簇拥下，开始上课。我沉浸在讲课中。

叮零零，下课铃响了。一节课，几十分钟，眨眼间一闪而过。我余兴未尽，恋恋不舍地走下讲台。走出教室的时候，赵小山和其他几个孩子簇拥到我跟前，我轻轻摸了摸下他们的头，回到办公室。

端着茶杯，轻轻呷了一口水，顿觉浑身通透，烦躁感早已没了踪影。正喝着茶，办公室的小刘老师突然说：司马老师，你家要来客人了……要不要我陪客？

什么客人？净瞎说。我懵了。

你看，鸡拉草……刘老师狡黠地说。在我们这里，有一种说法，

第二辑　天亮,因为你的脚步

看到鸡脚上拉着草,会来客人。

我赶紧低头看脚,哪有什么草?刘老师戏耍我呢。刘老师笑着指指口袋。

咦?我的左口袋上居然插着一张纸片!摸出来一看,是一只纸鸽子,叠得很漂亮,放在手里展翅欲飞。哪来的?我很纳闷,却怎么也想不起来什么时候装进去的。

拆开一看,最里面一层用铅笔写着一些文字——

老师,您待我们像妈妈一样。爷爷说,您去学校的路很远很远,累得都生病了。我想陪老师一起走,这样就能天天看到老师,看到我妈妈。可我爷爷说说我太小了,走那么远的路他不放心。那么,老师,学校门前这段路很短很短,我很想陪老师一起进校园一起出回家……直到我长大了,能挣钱了,买了车,开车送您上班……赵小山。

又是他?赵小山!我忽然记起,下课的时候,我刚走到教室门口,赵小山突然挤到我跟前,纸鸽子十有八九是他那个时候塞的。

我一字一句地念着。看着看着,眼睛润湿了。原来,这赵小山是刻意等在门口,等我,等他的老师!这孩子!霎时,一股暖流涌上心头,越聚越大,形成一股洪流,在胸腔里激荡。

星期天,我和同样教赵小山的小刘老师一起,骑车去小山家家访。在一处简陋的屋子里,赵小山的爷爷讲起了那些令人心酸的家事。赵小山很小的时候爸爸车祸去世,妈妈改嫁走了,赵小山跟爷爷奶奶一起生活,奶奶去年病故了……

家访持续了一个多小时,我们要走了。赵小山爷爷拄着木棍一直把我们送到村头。赵小山爷爷突然说,司马老师,您长得很像……很像……

像什么?我好奇地问道。

每一棵小草都会有春天

像小山他……他妈！那天小山回来说我还不信，今天见到您别说还真像，特别是您下巴上的这块痣，太像了……赵小山爷爷说着，一撮稀疏的胡须颤抖着，昏花的老眼里流出浑浊的泪水……

晚上，我失眠了，彻底明白过来，原来，赵小山刻意等在那里，等我——不，确切地说是在等她的妈妈，他想陪妈妈一起走！

不知什么时候，迷迷糊糊睡着了。睡梦中，我清晰地看到，宽阔整洁的马路上，我手里拉着一个小男孩，有说有笑地走着，小男孩一会儿喊着"妈妈"，一会儿咯咯笑着。那个小男孩不是别人，是赵小山。

捡垃圾的男孩

落日的余晖映红了半边天。我目送着小男孩远去。余晖中，小男孩的身影越来越小，可我却觉得他越来越高大……

玉树大地震的消息传来的时候，我正走在上班的路上。那一刻，我心里仿佛被刀割一般，一种难以言状的疼痛袭上心头。刹那间，家乡汶川地震留下的沉痛创伤被再次揭开。

两年前的汶川地震夺走了我的三位亲人，让我一夜之间从家庭的宠儿变成一名大学生孤儿。是政府和社会的关爱让我得以继续完成学业，留在了遭受重灾的汶川县映秀镇民政所工作。

从电视上，我目睹了玉树那一幕幕房屋倒塌、尘土四起的惨痛场面，浩浩荡荡的救援大军星夜兼程马不停蹄开赴灾区救援的感人情景让我心潮澎湃，这时耳畔响起一个强烈的声音：到灾区去，到

第二辑 天亮，因为你的脚步

灾区人民最需要的地方去！我自告奋勇志愿来到玉树，投入到壮怀激烈的救灾战斗之中。

灾情比电视上看到的要严重得多，地处山区，语言不通，物资奇缺，道路阻断，通信中断……救援难度要大得多，可这一切都阻挡不了我的斗志，我全身心投入到抢救受伤群众、安置伤员之中去。

在一个灾民比较集中的安置点，我无意中看到，一个十多岁的小男孩，个子不高，瘦瘦的，穿着一件大人的衣服，满脸布满了灰尘，正拿着一个尼龙袋，到处捡拾人们扔掉的矿泉水瓶、方便面包装盒、饮料桶，沾满尘土的汗水顺着脸颊像两道黑色的小溪哗哗流下。

多懂事的孩子！

看着他的嘴唇干裂着，流出了丝丝血水，我毫不犹豫地把自己不舍的喝的一瓶矿泉水给他，他愣怔地看着我，伸出黑乎乎的小手接过来，咕咚咕咚猛喝了两口，突然停下了，把瓶子递给我，我让他再喝两口，他拒绝了。然后，朝我行了一个庄严的队礼。

我问他为什么捡拾垃圾？他说，大人们去救有困难的人，我们小孩子帮不上，在这里能捡垃圾就捡垃圾，捡到柴火送给那些烧水的大人们用……我心里肃然起敬。我不禁对他产生了浓厚的兴趣。

我说，你捡的垃圾都放在哪里了？喏，在那里。他把手指往那边指了指。我看到，在远离安置点的地方，堆放着一堆鼓鼓囊囊的尼龙袋。那些都是我捡的垃圾，我把它们分成两类，没用的纯垃圾放一边，有用的塑料袋、饮料瓶、纸壳……什么放一边，这些都是宝贝，将来有用……

有什么用？能说说吗？我故意问道。

连这你都不懂？用途可大了，不仅净化灾区，防治传染病发生，

每一棵小草都会有春天

而且将来卖了钱，可以买书包、本子、铅笔、橡皮……

这些都是给自己以后上学准备的吗？

当然了，不过，我还想给我的好朋友大毛、二毛，还有土豆，只是……只是……土豆和二毛都不在了……小男孩说着说着，突然眼圈红了，呜呜地哭起来。我赶紧安慰他，劝他不要不要哭，坚强些，可我的眼泪却簌簌流下来……

玉树不哭，玉树不倒！抗震救灾和灾后重建等工作一切都在有条不紊地进行着。

一年后，组织上同意了我的请求，我被留在了玉树县民政局工作。

玉树地震一周年纪念日，我正在大街上和民政干部们一起动员全社会为遭受重灾特别困难的少数群众筹集善款。这时，一个瘦瘦的小男孩来了，他拿出一个蓝色小包，哗啦一声，将一小堆一元、五元不等的钞票倒在桌子上，红着脸说：叔叔，这是我的捐款！

我一看，这不是一年前在灾区捡垃圾的小男孩吗？虽然他长高了许多，但那张朴实、天真的脸没变。我赶紧起身，他也认出了我，说，叔叔，这些都是我捡垃圾卖的钱，一共356.9元，请您数一数。

我想起去年他说的买学习用品的事，问他不打算留着买本子？

他摇摇头说，买本子的钱我可以再捡垃圾去赚，这些钱先捐给那些更需要的人……

一堆钱很快数完了，我让他签个字，他拒绝了，说，地震的时候有那么多的人救了我，帮助了我家，他们都没有留名字，我也要像他们那样，不留名字！他说这话的时候神情简直就是一个大人。

这孩子地震中失去了父母，家也没了……一旁我的一位同事说。

第二辑 天亮,因为你的脚步

我心里一颤,这是怎样的一个孩子!有了他们玉树就有希望,祖国就有希望!

我正要说声谢谢他,没等开口,小男孩先说了,叔叔,谢谢您帮我数钱,说着,向我行了一个庄严的队礼,转身跑了。

落日的余晖映红了半边天。我目送着小男孩远去。余晖中,小男孩的身影越来越小,可我却觉得他越来越高大……

"说　法"

马翠花说着,变戏法似的拿出两瓶酒。刘老汉平时就好这口,赶紧喜滋滋地接过去,放到鼻子底下闻了闻。砰,打开塑料瓶盖,对着瓶嘴,抿了一小口,连声说,好酒好酒。眉眼里都是笑。

赵永武怕马翠花。这事在赵家庄无人不知。

马翠花是赵永武的老婆,生得人高马大,圆脸,黑皮,说话嗓门大得赛敲锣,力气大,性子又急,做的一手好庄稼活,杈耙扫帚扬场锨,推拉插种收,样样拿得起放得下,和个头矮小、有些文弱的赵永武比,标准的一个"女汉子"。家里大事小情都由马翠花一个人说了算。虽说两人性格悬殊,相处倒也和和睦睦,小日子过得是红红火火。

马翠花在村里口碑不怎么好。不是因为她在家有些霸道,主要是她待婆婆不怎么好。公公过世的早,婆婆腿不好,走路不利索,一个人在老屋住。

马翠花这几天心里着急上火。儿子小宝发高烧不退,迷迷糊糊,

147

每一棵小草都会有春天

打针吃药总不见好。邻居提醒马翠花是不是个"说法",得找个"明白人"看看,给念咕念咕。马翠花一拍大腿,说,你看看,我这猪脑子,咋没想到这层事!说着,拔腿就朝刘老汉家跑。

刘老汉早年念过私塾,闯过外,懂八卦,是村里的"活神仙"。哪家孩子吓着了,谁的东西丢了,都找他给"捣鼓捣鼓""参谋参谋",经他一捣鼓,一参谋,一指方向,那病十有八九也就好了,丢的东西大差不离找回来。别看他九十多岁了,可仍然耳聪目明,思维清醒,村里的人没他不认识的,大小事没他不知道的。刘老汉人又热心,不管谁找,都给人家出急,也确有些手段。村里人都喜欢叫他刘老汉。

马翠花上气不接下气地把事说了一遍,刘老汉闭着眼,拃指头扒拉了半天,慢悠悠睁开眼说,侄媳妇,是个"说法"。到你家看看孩子,再拿破解破解。

刘老汉到了马翠花家。小宝小脸潮红,闭着眼。刘老汉摸了摸小宝的脸,撑开眼皮看了看,说,真是个"说法",根子出在你婆婆住的老宅子。那道东墙塌了一个豁口,跑了气脉,伤及子孙。马翠花一听,紧张地说,那——怎么办?刘老汉不紧不慢地说,办法倒有一个,就看你照做不照做。快说,快说,只要对孩子好就行。马翠花催促说。你赶紧找人把墙修好,兜住气脉,孩子自然就好了。马翠花说,这事好说好说。刘老汉又给了方子,让马翠花照方子抓了药,嘱咐马翠花晚上再到桥头送送。马翠花一一应着。当天就把那道豁口给补好了。小宝的病立马见好,两天后痊愈了。看着又活蹦乱跳的儿子,以前对刘老汉并不怎么服的马翠花这下是佩服得五体投地。

又过了些日子,赵永武上山干活,被蛇咬了一口,腿肿胀得厉害,打针吃药,一阵折腾,却不见好。马翠花找到刘老汉,刘老汉

第二辑 天亮,因为你的脚步

抃指头一算,说,你来对了,是个"说法"。你家老屋的屋顶瓦破了,泄了运气,得修补修补。马翠花答应马上就办。刘老汉又给了个偏方。当天,马翠花就找人给修好了。赵永武的蛇伤几天后也好了。马翠花对刘老汉越发得佩服。

接下来,马翠花家里陆续又出了些故事,比如家里的鸡丢了鸭跑了,她都找刘老汉问个"说法",每次刘老汉不是说你婆婆住的老屋西山墙出问题了,就是院子该垫垫了。马翠花都一一照做。

马翠花善待婆婆的点点滴滴,左邻右舍都看在眼里。家里有儿媳不大孝顺的老头老嫲常常拿马翠花做样子,说,看看人家马翠花,待婆婆跟个亲娘似的。马翠花成了村里人公认的好媳妇。

刘老汉听了这些话心里偷着乐。原来,他的那些"说法",其实都是由头,是教人多做好事善事的借口。抃指头算也是做样子。至于偏方啥的,那是他上私塾的时候曾跟先生学过中医,懂得些医道。马翠花以前不孝顺婆婆的那些事刘老汉早就看不顺眼,都记在心里。这回马翠花主动送上门,让他逮着了,正好替她婆婆"教育教育"。

这天中午,刘老汉蹲在家门口晒太阳,马翠花又了来。刘老汉问这回又有啥事?马翠花沉着脸,说,我这回来不是问"说法",是来找你算账的。刘老汉一惊:难道我那些把戏让她拆穿了?刘老汉装着没听清,说,请客?那好啊,侄媳妇请我哪能不识抬举。说着,做出起身要去的样子。

见刘老汉一副老顽童模样,马翠花忍不住扑哧笑了,说,你老别装聋作哑的,我今儿个来是向你报喜的。

啥喜事?

我……我评上乡十大好媳妇了。马翠花说着,脸上露出难得的

149

羞涩。不过俺知道,俺离好媳妇还相差很远。俺能评上好媳妇这都是你老的功劳,你说我该不该谢谢你。

马翠花说着,变戏法似的拿出两瓶酒。刘老汉平时就好这口,赶紧喜滋滋地接过去,放到鼻子底下闻了闻。砰,打开塑料瓶盖,对着瓶嘴,抿了一小口,连声说,好酒好酒。眉眼里都是笑。

看着刘老汉笑哈哈的样子,马翠花诡秘地笑了。

马翠花心里揣着明白装糊涂。头一回她信了刘老汉的"说法",第二回也信了,可接二连三给婆婆修这个弄那个,马翠花也就渐渐明白过来。她知道刘老汉是好心,也就没有拆穿。她从内心里想改一改自己的坏名声。毕竟,孩子一天天大了,戴着不孝的帽子可不是好玩的。

两只手镯

"来,妈,女儿给您戴上。"雅丽将两只手镯小心地戴在妈妈手上,低下头,在妈妈瘦削的手臂上吻了又吻。大颗大颗大泪珠吧嗒吧嗒落在妈妈粗糙的手背上,溅起一朵朵美丽的水花。

"妈,我回来了!"雅丽一到家,将书包往沙发上一丢,抓起茶几上的一只大苹果,吭哧吭哧吃起来,边吃边喊:"妈,在哪呢?"

"真是个急性子的丫头,妈在这儿,丢不了。"妈说着,从房间里出来。

"妈,明天是我15岁生日,再过几个月我就初中毕业升高中了,我想买个生日礼物。"雅丽说。

"看中了什么，只要合适，买就是，妈答应你。"妈笑吟吟地看着女儿，爱怜地说。

"真的？那太好了，你真是我的亲妈。"雅丽调皮地在妈妈的腮上结结实实亲了一口。

"傻丫头，都多大了还这么调皮。这么吧，明天正好星期天，咱娘俩一起到镇上看看。"

第二天，雅丽和妈妈来到镇上的一家百货超市。雅丽轻车熟路径直走到首饰柜台里，指着里面摆放的两只晶莹剔透的玉手镯说："妈，我想买个玉手镯。"

"要玉手镯？你连高中都没上怎么好戴这个？不行不行，等以后考上大学了再买不迟。"妈妈一口回绝了。

"妈，这个不算贵，一百来块钱一只，还有我想买的是一只，不是两只，妈，您就买吧。"雅丽摇晃着妈妈的胳膊，央求说。

"不是贵不贵的问题，这钱得花在刀刃上。你现在戴这个不合适，太早了。妈坚决地说。走，到那边看看，给你买件新衣服穿。"

长这么大，妈妈还是头一次这么拒绝雅丽的要求。雅丽的情绪一下子低落下来，小嘴咕嘟着，低着头，跟在妈妈后边。

"丫头，你这小姐脾气也得改改了，不能啥事都由着自己的性子，买东西要看是不是实用，是不是合适，知道不？"

妈妈给选了一条花裙子，雅丽也不说喜欢还是不喜欢，拿着裙子，跟在妈妈说身后，一声不响地回家了。

这丫头今天不知怎么啦，这么拗？唉！要是她爸爸在就好了……看着闷闷不乐的女儿，雅丽妈妈在心里叹了口气。

几天后，学校发奖学金，雅丽得了一等奖，150元。下午一放学，

每一棵小草都会有春天

雅丽就去了镇上那家超市。一路上,那两只玉手镯的影子一直在雅丽的脑子里晃来晃去,晃得她的一颗心又痒痒又不安。雅丽朝柜台里一看,顿时一紧一喜。紧张的是手镯被人买走了一只,喜的是幸好还有一只,而自己只打算买一只。雅丽长吸一口气,手不由地抖了一下,手镯差点掉在地上。

一到家,趁妈妈不注意,雅丽赶紧用花手帕把手镯小心翼翼地包起来,锁到自己的百宝箱里。

两个月后,学校为初三举行毕业典礼。典礼一结束,雅丽就迫不及待地跑回到家——今天是妈妈的生日,她要早点回去,别让妈妈久等了。

妈妈正围着围裙在厨房里忙活,案板上摆放的都是雅丽最喜欢吃的饭菜。雅丽心里暖暖的。

早晨,妈妈就说了,今天是雅丽初中毕业的日子,她要做一桌好菜和雅丽一起庆贺一下。要是爸爸还在的话该多好啊。看着整天忙碌的妈妈,雅丽心里一阵心酸,眼里止不住流下来。她怕妈妈看见,赶紧洗一把脸,挽起袖子和妈妈一起做菜。

菜上来了,妈妈夹了一筷子送到雅丽嘴边催着快尝尝,雅丽站起来跑进屋里,拿出一方手帕,放到桌上,一层一层打开。妈妈静静地看着雅丽,不知道女儿搞什么名堂。当手帕完全打开的一刹那,妈妈呆住了:一只晶莹剔透的玉手镯赫然呈现在眼前!

"妈妈,今天是您的生日,这是送给您的生日礼物,祝妈妈生日快乐,天天开心!"雅丽说着,将手镯双手捧着递给妈妈。

"手镯?你——哪来的钱?快说!"妈妈瞪大眼睛,疑惑地说。

"放心吧妈,女儿这钱不是偷来的也不是抢来的,是上周刚发的奖学金。妈妈,您知道吗?上次我为什么非坚持要买那个手镯?因为我听人说,'儿女的生日,妈妈的苦日',这么多年您又上班又要照顾我,一个人太辛苦了,我看你平时很喜欢手镯,原想买了等我生日那天送给您,可……"

"是这样,怪不得你那天那么反常。唉,丫头,你这次买也不事前早说一声,早知道我就不买了……"妈妈嗔怪说。

"买?买什么?"雅丽奇怪地说。

"等一下,丫头。"妈妈说着起身去了屋里。很快,妈妈又出来了,手里多了一个玉手镯。

"妈——这是?那只少了的手镯是你买了?"

"丫头,那天看你那么喜欢手镯,妈前几天悄悄去买回来,打算等你考上大学了再拿出来给你。没想到,你也买了一只……"

雅丽轻轻叫了一声:"妈——"眼泪倏地流下来。

"来,妈,女儿给您戴上。"雅丽将两只手镯小心地戴在妈妈手上,低下头,在妈妈瘦削的手臂上吻了又吻。大颗大颗大泪珠吧嗒吧嗒落在妈妈粗糙的手背上,溅起一朵朵美丽的水花。

泪光中,雅丽看到,妈妈幸福地笑了,笑得眼睛里泪花闪闪。

醉人的花香

走出办公室,刘老师突然闻到一股浓烈的花香,不由得用力吮了一下鼻息,一抬头,就在前面靠墙根的地方,一棵月季花开得正艳。

二中初一(1)班这几天班级气氛明显有些紧张。课上课下时不

每一棵小草都会有春天

时听到有人小声议论：

你说，班主任那个mp3是谁拿去了？

不像话，太不像话……出了这样的事简直是我们一（1）班的耻辱！

到底谁拿走了？莫非……

嘘，小声点，没抓着手脖子别胡说！

……

一连几天，这样的议论声一直不断，有的甚至义愤填膺：

谁拿走了刘老师的东西真是太缺德了，知道了非狠狠教训教训他非可！

敢偷老师的东西，这人胆子太大了，查出来批评一下太简单，最好让他在大会上作检讨！

……

一时间，刘老师丢mp3的事成了近日全班同学议论和关注的热点焦点问题。

几天前，刘老师新买了一台mp3，因为上午上课时间到了，便把那台mp3顺手放在了讲台一边，下课的时候刘老师心里只想着去另一个班上课忘了拿，等下午想起来再返回教室已经不见了。这让刘老师很着急：再这样下去不仅影响正常的学习秩序，也会人人自危，影响师生之间、同学之间的关系，影响班级气氛，那损失可就大了。虽然刘老师一再想制止学生再议论下去，可总也堵不住同学的嘴。

怎么办？这天晚上，刘老师办公室的灯一直亮到很晚。

第二天上课的时候，刘老师手里拿着一个小盒子，面带笑容，走进一（1）教室。他站在讲台上，习惯性地朝教室巡视一圈，目光在每一个同学的脸上一一走过。然后轻轻清了清嗓子，这才开始讲话：

第二辑 天亮,因为你的脚步

同学们,上次我那个 mp3 找到了,不知是谁放到我的办公室桌上。我感谢这个帮我的找到 mp3 的人。刘老师举着那个带着 mp3 图案的小盒子说。我对在咱们班发生这么一件不愉快的事感到非常遗憾,我不希望此类事件再次发生,也请大家不要再议论这件事了。我们每一个人包括你们的班主任我,都是这个班集体的一分子,让我们齐心协力共同建设一个更加和谐温馨的优秀集体。

刘老师话音未落,教室里顿时掌声四起。刘老师会心地笑了。

一下课,学生三个一簇两个一堆兴高采烈地议论着:

刘老师的东西总算找到了,看来这人还有良心!

找到了就好。

拿了改了就好。

……

几天后,议论声消失了,教室里平静下来,仿佛什么也没有发生过。每个同学上课都那么认真听讲,课下尽情地玩耍,每个人都那么轻松,青春和愉快写满了一张张年轻的脸。

转眼三年过去了,期间,刘老师的班丢失东西的事情再也没有发生过,一次也没有,这个班连年被评为优秀班集体。班里的王菲、赵大萌、赵梦等同学几个爱好音乐的学生以优异的成绩升入了高一级学校的音体美班。

又一个三年过去了,赵梦、王菲、赵大萌等几个音体美班的同学都考入了理想的大学,特别是赵梦更是出色,被中央音乐学院录取了。

王菲、赵大萌结伴来母校看望自己尊敬的优秀班主任刘老师。学生的到来让刘老师心里非常感动和温暖。回忆起初中三年生活,师生都沉浸在幸福之中。

每一棵小草都会有春天

然而,刘老师心里更牵挂着赵梦,更期盼着他的到来,来跟他说一句话,对,就一句话就够了,为这句话他已经等了整整五年。

日子一天天过去,那些新考上大学的学生带着喜悦和人生的梦想陆续到了新的学校,开始了新的人生历程。只有赵梦迟迟没来,赵老师隐隐有些失望了。他不会来了。

这天中午,刘老师一个人在办公室里。赵梦来了,两手轻轻推开办公室的门,手里拿着一个mp3图案的小盒子,满脸羞愧地站在班主任的办公桌前,红着脸说:老师,您的mp3是我拿的……我太喜欢它了……可……可我家……

从赵梦断断续续的讲述中,刘老师看到了一颗真诚悔悟的心,不禁欣慰地笑了。

老师,您能原谅我吗?您还承认我这个曾经做过错事的学生吗?赵梦泪眼汪汪地看着自己日思夜想的老师。

刘老师微笑着走过去,拍拍他的肩膀说:年轻谁还不犯错?知错能改,善莫大焉。

那老师……老师原谅我了?

你说呢?

谢谢老师,谢谢!赵梦一迭声说着,朝刘老师深深鞠了一躬。

望着赵梦轻松远去的背影,刘老师长舒了一口气,心里甜甜地笑了。其实,有一件事刘老师没有告诉他,其实,刘老师5年前早就知道那个mp3是赵梦拿的,而且那个mp3原本就是自己为他买的。因为之前刘老师在家访中偶然得知赵梦做梦都想要一个mp3练歌,可家里实在太穷了,根本买不起。刘老师很喜欢这个很有音乐天赋的学生就决定买一个给他。原想下了课给他没想到那台mp3居然不翼而飞。两周后,当刘老师揣着那台另外新买的mp3到赵梦家家访,当赵梦的父亲流着泪感谢老师两周前给他儿子买mp3的时候,刘老师什么都明白了……

走出办公室，刘老师突然闻到一股浓烈的花香，不由得用力吮了一下鼻息，一抬头，就在前面靠墙根的地方，一棵月季花开得正艳。

刘老师贪婪地吮了几下鼻子，刹那间，醉了。

让我当一次升旗手

在国旗升顶的那一刻，我看到，强强的嘴唇哆嗦着，眼里噙满了泪水，甜甜地笑了。这是我第一次看到强强笑。那是发自内心的最灿烂的笑。

强强是我们初二（8）班的一名男生。强强不是一名普通学生，而是残疾人。强强个子矮小得出奇，矮得坐在课桌前只露着半个脑袋，这使他坐着也像蹲着。上身和腿部扭曲成45度角，呈半蹲状，走路一颠一颠，半天也走不了多远。这还不算，那张阔嘴巴天天像得了歪嘴风病的人一样，上下嘴巴从没有对齐过，整天歪着嘴，说话像口里含了水饺，含糊不清，吃饭喝水只能靠吸管。这全是小儿麻痹症留下的印迹。

强强是学校里的走读生。强强父亲在外地打工，所以每天三次来回接送他的担子全落在了他母亲身上。强强母亲也是残疾人，一只胳膊永远蜷缩着，一直没有工作。每天放学，强强母亲都早早地到教室门口等着，等学生走完，母亲用一只胳膊将强强从座位上夹起来，然后费力地将他放到自行车后座上驮着。就这样坚持两年了，

每一棵小草都会有春天

母亲天天风雨无阻。

强强不是很聪明，尽管学习很勤奋，但学习成绩在班里属中等水平，这是一个不起眼的档次。强强的座位在最后一排。强强没有朋友，连老师上课也很少提问他。由于行动不便，强强是全班45名学生中唯一一个不能参加军训、不能跑步、不能参加升旗仪式的学生。全班没有谁见到过强强的笑脸。

刚升入初二的时候，我和强强成了同桌。我是个心软的人，看不得别人受苦。我想帮他，比如，为他削铅笔，为他的钢笔灌墨水，帮他母亲送他，可强强每次都坚决地拒绝了。我始终忘不了强强每次拒绝别人帮助时那种果敢的眼神，那是和他的实际年龄极不相称的眼神。

时日一长，我便不再争着去帮他。对于他的残疾，我们也渐渐习以为常。

有一件事给我留下了深刻的印象。那次周一升旗，我因为突然肚子痛，只好中途回教室休息。一进教室，我突然看见，强强正趴在靠墙的那个窗子前，出神地看着窗外，也许他太投入了，连我进来都没有发现。直到我叫他，他才回过神，脸上掠过一丝尴尬，蹒跚地回到自己的座位上。

又一个学期结束了。期末统考，强强得了全班第十名。按惯例，强强应该被评为"学习腾飞生"，获得100元奖励，并在大会上戴红花。能戴上红花，这可是每个同学都梦寐以求的事。

当班主任在班上宣布这一个好消息时，我们都为强强高兴，不仅因为他的学习进步了，还为他能得到100元奖学金。100元，对强强的家庭来说，这可是一笔可观的收入。

谁也没有想到的是，班主任话音刚落，强强突然"站"起来，说："老师，我不想要这100元钱！"

第二辑　天亮,因为你的脚步

"强强,你说什么?"班主任吃惊地问。

"老师,我……我不要这100元钱。"强强又重复了一遍。

同学们个个面面相觑,疑惑不解。

"为什么?你想要什么?"

"我想……我想……"

"慢慢说,你想什么?"

"我想……我想当一次升旗手。老师,让我当一次升旗手,好吗?"强强用讷讷的眼神望着班主任,真切地恳求道。

教室里顿时鸦雀无声,同学们都静静地看着班主任。此时,班主任正张大着嘴巴,呆呆的,一句话也说不出来。

墙上的钟"滴答滴答"走着。教室里静极了,仿佛能听到每个人的心跳。时间像停止了。也不知过了多久,班主任终于开口说话了。

"好——吧!我——答——应——你!"班主任神情庄重,一字一顿地说。

霎时,教室里骤然响起了一阵雷鸣般的掌声。

我看到,强强的眼睛红红的。

又一个周一到了。强强身着一身崭新的校服,戴着一双洁白的手套,"端坐"在升旗台上的一个高凳子上。我作为护旗手站在强强的身旁。

"升旗仪式现在开始!"

"出旗!"

强强从升旗手手中郑重地接过国旗。我看到,那一刻,强强的手颤抖了一下。

固绳。挂旗。万事俱备。

庄严时刻到了。

每一棵小草都会有春天

"升国旗、奏国歌!"

强强紧握着绳索,偏着身子,吃力地仰着头。强强神情庄重,全神贯注,两只手一上一下地交替着拉动绳子。伴着高昂的旋律,鲜艳的五星红旗冉冉升起了。

在国旗升顶的那一刻,我看到,强强的嘴唇哆嗦着,眼里噙满了泪水,甜甜地笑了。这是我第一次看到强强笑。那是发自内心的最灿烂的笑。

我心里猛地一动,眼睛不由地湿润了。

朦胧中,我看到,台下许多双眼睛都泪花闪闪。

女　兵

女兵恍然大悟,老鼠是想把她引到自己的队伍上去。多么通人性的小生灵!女兵感叹着,兴奋地朝熊熊燃烧的篝火大声喊叫:同志——我在这里——同志——

女兵和战友们被鬼子的追兵冲散了。

她们和鬼子激战了两个昼夜,弹尽粮绝,被迫往十几里远的密林深处转移。那是她们最后的一个秘营。

女兵拄着枪,在没过膝盖的雪地里艰难地朝丛林跋涉。

女兵身后传来鬼子的哇啦声。一个鬼子在二三十米远的雪地里往这边追过来。雪很深,鬼子走得很慢。女兵也是费了半天工夫才从那里走出。

第二辑 天亮，因为你的脚步

鬼子的哇啦声再次响起，女兵明白，那是鬼子喊她：站住，投降吧！女兵停止向密林走，转身朝另一个方向走。

"砰"一声枪响，女兵倒在雪地里……

女兵醒来的时候，太阳已经偏西。女兵发现身后躺着一具鬼子的尸体，在距自己不远的地方，一个抗联女兵僵卧在血泊里，鲜血结成了厚厚的冰溜。女兵从插在战友皮腰带上那根短笛认出，她是队上最漂亮舞蹈跳得最好的文艺女兵。

女兵掩埋战友的时候发现自己后肩中了一枪。她不知道，鬼子正想在她身上补一枪时，藏在雪地里的文艺兵救了她，自己却牺牲了。

女兵掩埋好战友的遗体，警觉地观察一番，转头朝密林爬去。过度的饥饿和劳累让她筋疲力尽。她多想这个时候能有一口吃的，哪怕是一棵草，一块树皮，一个臭虫，一只癞蛤蟆也好，只要是能填充一下贴到脊背的肚皮就行。茫茫雪域，哪能轻易找得到这些看似再平常不过的东西？

女兵有些失望，但女兵不绝望，她始终有一个念头：尽快到达密林和战友们会和，继续打鬼子，直到将鬼子全部赶出中国！

女兵的神情开始恍惚。女兵觉得几十斤重的身体此刻仿佛有几百斤几千重，每一次拔腿都那么艰难。

朦胧中，女兵隐约看见前面的雪地上有个小小的黑影。女兵心里一震，兴奋地睁大眼睛，是一只冻僵的老鼠！女兵太高兴了，终于有吃的了，而且还有肉！女兵激动地跪倒在地，扑上去，一把逮住老鼠。她多想立即找几块干柴将老鼠烤着吃了，一小口一小口，慢慢吃，不，女兵笑了，自己早就没那么温柔了，她能想象出自己一口吞下一整只烤老鼠的情景。

每一棵小草都会有春天

女兵撕下一条口袋,将老鼠装进去,女兵紧紧抓着口袋,加快脚步往前走。女兵只想早一点找到树枝烤老鼠肉吃。女兵的肚子叫得更响了,像摇鼓。

走着走着,女兵觉得那条布袋不住地动。经过一番折腾,冻僵的老鼠暖和过来,它想出去!

女兵停下脚步,盯着蠕动不止的布袋发呆。她知道身陷黑暗的那种绝望滋味,她知道失去自由的那种渴盼。

女兵清晰地听到两个声音在争吵——

一个说:世间万物众生平等。放了它!女兵听出,这是当年在老家念学堂时老先生的声音。

另一个说:不,不能放,放了,你会被活活饿死!

一个说:放了它,还它自由!一切爱好和平的生灵都渴望自由,包括一只老鼠、一只臭虫!

另一个说:放了它,你活不过今晚。你死了,就会少了一份拯救遭受日本铁蹄蹂躏的父老乡亲的力量!

……

第三个声音响了:我是一个母亲,我只想活着,我家里还有四个嗷嗷待哺的孩子……这是从女兵手中布袋里发出的声音!

女兵的心柔了,软了,柔软得像一张绿茵茵的地毯。

她喃喃着:活着……家人……孩子……

她最终将布袋放在雪地上,打开,老鼠睁着雪亮的小眼睛探头探脑地钻出来,跳出好几米远,却又突然停住了。老鼠站立起身子,朝远处聆听一会儿,掉头跑回来,对着女兵点点头,"叽叽叽",似乎在说什么。老鼠一边爬一边时不时扭头看一眼女兵,仿佛在引路。

女兵很好奇,脚步不由地跟上去。

不知走了多久，女兵忽然看见不远处有火光在闪。女兵清楚地听见有人喊："同志们，起队了，出发！"女兵听出，那是自己的队伍！

　　女兵恍然大悟，老鼠是想把她引到自己的队伍上去。多么通人性的小生灵！女兵感叹着，兴奋地朝熊熊燃烧的篝火大声喊叫：同志——我在这里——同志——

　　女兵一头晕了过去。

　　女兵醒来的时候，周围站满自己的战友。

　　女兵急切地找寻救命的老鼠，只看见洁白的雪地里，两行清晰的鼠印一直向前延伸，延伸……女兵的眼睛润湿了。

　　起风了。女兵扛起枪，和战友们一道，踩着厚厚的积雪，迎着风，坚定地向前走去……

第三辑　谁给你的爱不留缝隙

亲情、师生情、同学情等等，是成长道路上经历最多也是必不可少的美好情感，是上苍和生活对我们的莫大恩赐。没有情感浸染的世界是一片荒漠和冷酷。我们在情的氛围里成长，在爱的环境中拔节。真爱和亲情是淳朴的，宝贵的。表现形式却千姿百态。不单单有阳春白雪，也会有凄风苦雨，甚至有隔阂、误解甚至痛苦。但只要用心体验，人人主动献出自己的一份爱一份情，世界和生活将变得更加美好，我们也会在美好中成长，并走向成熟。

最珍贵的签名

我拿起笔，颤抖着手，在那串名单的后面一笔一画郑重地签下了自己的名字，并在名字后认认真真画了一颗大大的红心，将纸片小心翼翼地装进上衣口袋里。

那年秋天，我大专毕业分配到一所偏远山乡初中教英语。全班

48名同学只我一人分到了条件待遇最差的学校，心里很为自己抱不平。

刚来那几天，一到放学，我常常一个人跑到学校前的小山岭上不停地无目的地走着，看着满眼的残阳、衰草、落叶、孤鸟和任你怎么驱赶也蹦不了多远的"过冬孩"蚂蚱……心情越发郁闷。

任教的一（2）班共36名学生。刚接手，课教得很不顺利，几次周考全班及格的没几个学生。这让我天天憋着一肚子的气，心里只想着托关系早一点离开这里。

一次，我让学生预习一篇小短文，就短短几句话，并布置回家抄写。第二天，批改作业时发现，胡平把单词抄得支离破碎，几乎每个单词都缺少一两个字母。

这个胡平平时不爱说话，课上从不举手发言，英语周考成绩很差，次次拖全班后腿。他总是木讷地坐在教室最后一排。当时，我正为学生考得不好而怒火中烧，这下正好借机杀鸡儆猴。我叫起胡平，当着全班同学的面，狠狠地训斥了一顿，用手指在他头顶上"咚咚咚"掺着脑瓜崩，还把他的作业本狠狠地掷在地上。面对我的暴风骤雨，胡平一声不吭，低垂着头，默默地捡起了沾满灰尘的作业本，一声不响地回到座位上。

很快我就把这事淡忘了。直到一次家访，我和班主任坐到了胡平家的土屋里。见到我们，胡平一反在学校沉默寡言的表现，略显羞涩地打着招呼，紧张地忙碌着，张罗着端茶倒水，俨然是家里的顶梁柱。这让我很惊讶。因为在我的印象中，像他这么大年龄的学生大都是独生子女，娇惯得很，不会这么老练懂事。很快我便了解到，原来胡平是孤儿，从小父母去世，是爷爷奶奶把他拉扯大。他的爷爷一条腿残疾，奶奶是个聋哑人。

昏黄的灯光下，爷爷拘谨地端坐着和班主任交谈，奶奶在一旁愣怔地看着。我随手翻着胡平的课本。我能感觉到胡平的目光正紧张地跟着我的手起伏着。我赫然发现课本的封皮上写的不是他的名字，当初抄写那篇短文的书页上，不知怎么被划出了几条大口子，好些单词的字母都残缺不全……我纳闷极了，脑海中突然想起上次批改作业的事。我拿着书不解地看着班主任，胡平在一旁低着头，圆脸红红的。

我这才知道胡平因为家境贫困，学校减免了他的学杂费，但为了减少开支，他用的都是村里孩子用过的旧课本。

得知这一情况的刹那间，我的脑海里再一次浮现出上次的情景，只觉得脸上火辣辣的，我不知道还能说什么。

家访回来的那晚，我失眠了。

第二天重感冒找上了我。我坚持着到教室给学生布置好作业，讲明原因，便摇摇晃晃下了讲台，回宿舍躺下。我哼哼唧唧地躺在单人宿舍的床上，难受极了，情绪越发低落。勉强吃了几片药，迷迷糊糊睡着了。

当我一觉醒来，下意识地一看表，已是傍晚时分，窗外上了黑影。肚子咕噜噜叫唤起来。我打开灯，爬起来，正想起来上街买饭，这时，门开了，哗啦进来十几个学生，走在最前面的就是胡平。他们有的手里拿着几张煎饼，有的端着一方热豆腐，有的拿着两个鸡蛋……各种吃食在床前堆成了一座"小山"，满屋子弥漫着食物的香味。

胡平手里捧着几个热乎乎的芋头，红着脸说：老师，听说您病了，这几个芋头是我让爷爷上山刨的，可新鲜了，您趁热吃吧！

老师，这红皮鸡蛋是我妈妈特意煮给您的，您快吃吧，吃了病就好了。胖墩说着，将两个红皮鸡蛋递到我手里。

这方豆腐是我拿豆子到邻居家换的……

看着眼前热腾腾的食物和一张张可爱的笑脸，我鼻子一酸，眼泪差点流下来。

孩子们要走了。胡平刚走到门口，好像突然想起什么，三步两步跑到床前，掏出一张纸片，说，老师，知道您一个人吃饭不方便，您又病了，这是我们班同学自发编的送饭值日表……说着，往我手里一塞，便一溜烟跑了。隔着窗子，我看到，一群孩子兴奋地跑着，很快消失在夜幕里。

打开纸片，是孩子们熟悉的签名。全班 36 个名字，我一个一个地念过，最后一个是胡平的名字，名字后面，是工工整整抄写的那篇短文。

看着那笔迹不同的 36 个名字，36 张笑脸一一浮现在眼前，第一个就是胡平。霎时，我的眼前模糊了，泪水潸然而下……

我拿起笔，颤抖着手，在那串名单的后面一笔一画郑重地签下了自己的名字，并在名字后认认真真画了一颗大大的红心，将纸片小心翼翼地装进上衣口袋里。

20 年后，我成了省级教学骨干，但依然站在这所学校的讲台上。我所资助的胡平早已成了省城某大报记者。

有一个 20 年来我一直不曾公开的秘密：在我的上衣口袋里，至今还宝贝似的珍藏着一张签有 37 个名字和一颗红心的纸片，那红心像大山深处一片火红的枫叶，在阳光照射下闪动着耀眼的火焰……

贫穷不是做贼的理由

看着看着，牛小惠的眼睛润湿了，她自言自语地说：米兰，你终于交了一份满意的毕业答卷……

晚自习一下，学生们都争先恐后地往宿舍跑去。试想，累了一天谁不想早点回宿舍休息？可就在熄灯铃响前，八号女宿舍出事了。先是刘丽一声惊呼：不好了，我的80元钱不见了，是我这一周的饭钱！紧接着，赵雅芝说我的60元不见了！米兰说我的20元也不见了！全宿舍四个人只有舍长牛小惠的钱没丢。八号宿舍顿时乱成一锅粥。

莫非进贼了？牛小惠话音未落，刘丽第一个朝门和窗子奔去。四个人经过仔细勘察，却发现门和窗子都好好的，没有半点被撬的痕迹。看来不像是外贼，奇怪了，难道宿舍出了内贼？四个人都不约而同地说，大家你看着我我看着你，都想从对方脸上找到答案。

这时熄灯铃响了，牛小惠说：大家先别声张，先睡觉明天再找找。"吧嗒"一声熄了灯。宿舍里顿时陷入黑暗中，可四个人谁也睡不着。

此时刘丽的脑子里飞速转着：4个人就牛小惠有钥匙，偏偏她的钱没丢，这事十有八九是她干的！

赵雅芝也在心里想：八成是她！

米兰瞪着眼望着黑洞洞的屋顶，也在思考着。

牛小惠同样也在想：本周学校开展文明宿舍复查活动，偏偏宿舍出了这等事，消息一传出去，这文明宿舍的牌子可就保不住了……牛小惠想起两天前在班主任面前自己拍着胸脯立下军令状时的情形，不由得皱紧了眉头。文明牌子一定不能丢！可要是明天再找不到钱……兴许是实在太累了，这时一阵困意袭来，牛小惠很快发出一阵轻微的鼾声。

此时的刘丽、赵雅芝、米兰一点睡意也没有。

嘘，雅芝，米兰，你们说这钱会是谁偷的？刘丽先憋不住了。

不好说。赵雅芝低声说。

不——不好说。米兰也跟着说。

什么不好说？谁偷了这不是明摆着吗！要是她没偷，我没偷，难道是你雅芝、米兰不成？

我看——八成是她。赵雅芝犹犹豫豫地说。

我——我也觉得是她。米兰吞吞吐吐地说。

真是知人知面不知心，明天就揭发她！

对。

对。

黑暗中，赵雅芝、米兰附和说。三个人谁也没注意，刚刚睡下的牛小惠又被她们弄醒了，并且听到了她们的对话。牛小惠真想爬起来和她们对质，可身为舍长的她知道这样做会是什么后果。她强忍着泪水，一夜未眠。

牛小惠是个责任心很强的人，在她心里集体的荣誉高于一切。宿舍发生这样的事，她这舍长是有责任的。怎么办？牛小惠苦苦思索着。她忽然想到昨天妈给的200元买衣服的钱，眼前一亮。

第二天一起床，牛小惠说，对不起，这事是——是我做的，在我把钱还给大家之前，我有个要求，这事谁也不许告诉别人，好吗？

每一棵小草都会有春天

那——好吧，反正钱找到了。刘丽第一个说。

好吧。

好——好吧。

赵雅芝、米兰附和道。

牛小惠打开钱包，按照三个人报的数目，分别给了刘丽80元、赵雅芝60元、米兰20元。刘丽一把抓过钱一脸鄙夷。赵雅芝也鼻子哼了一声。

从此，宿舍里几个人看牛小惠的目光多了一层意思。

八号宿舍的文明牌子保住了，牛小惠心里无法平静，她暗下决心，一定要调查清楚，看到底是不是内贼所为。

主意拿定，牛小惠暗中开始了一系列调查。她先后排除了刘丽、赵雅芝，还剩最后一个怀疑对象米兰。米兰家住城郊，母亲病故，父亲外出打工不慎从脚手架上摔下，落了个半身不遂。

周末，牛小惠假装找米兰玩来到米兰家。米兰家的门洞开着。牛小惠刚走到里屋门口，正想喊米兰，无意中听到里面有人说话：

兰子，多亏了你那天给我买的药，哎，爸这身子拖累你了，兰子，忘了问你，上次买药的一百多块钱哪来的？

爸，那是我前些日子课余时间捡破烂换的钱，您就别多想了，好好吃药——

捡破烂？你米兰什么时候捡破烂了？米兰为什么撒谎？牛小惠纳闷了，只片刻工夫便明白过来，原来那钱是她偷的！牛小惠真想冲进去当面揭穿米兰的谎言，屋里这时传出米兰爸爸剧烈的咳嗽声，牛小惠猛然止住了脚步，蹑手蹑脚地退出院子。

几天后，米兰收到一张300元的汇款单。汇款人地址姓名栏都空着，只有附言中写着：不要问我是谁，我是一个真心想帮助你的人。米兰看着附言中那几个娟秀的字泪水夺眶而出。

转眼到了毕业的日子。毕业前一天，牛小惠突然收到一封信，信中写道：小惠，对不起，钥匙是我趁你不注意偷配的……我家里实在没钱买药了，可我不能眼睁睁看着我爸爸等死……我从那张汇款单上的笔迹上认出你，可我一直没有勇气向你们坦白……是你让我懂得了贫穷不是做贼的理由……就要毕业了，我不能再让你替我背一辈子黑锅……小惠，以后我们还能做朋友吗？

看着看着，牛小惠的眼睛润湿了，她自言自语地说：米兰，你终于交了一份满意的毕业答卷……

最珍贵的礼物

其实你们早在半年前就送给了我一份礼物……刚说到这儿，台下顿时炸开了锅：我们什么时候给老师买过礼物？没有啊？

张老师刚迈进三（1）班教室就被眼前的混乱场面怔住了，教室里乱糟糟的，有哈哈大笑的，有扔笤帚疙瘩的，有追逐嬉戏的，有往上抛书本玩的……五花八门，干啥的都有。更令张老师难以理解的是，学生明明看见老师进来了居然视而不见。真是太目中无人了！张老师脸上顿时晴转多云。

张老师是半路上接这个班的。这是一个非常糟糕的班，纪律松散，学生天天嘻嘻哈哈。任课教师谁来谁头痛。这不，原班主任实在受不了自己炒了自己的鱿鱼。张老师在危难之际勉强接的这个班。

一连几天，学生的表现让张老师失望到了极点。张老师心里产生了从没有过的焦躁和消沉情绪。

每一棵小草都会有春天

这天，张老师站到讲台上，习惯性地伸手拿桌上的座次表，这才想起课桌上根本就没有什么座次表，只有散乱了一桌子的粉笔，横七竖八地躺在那里，斜眼看着这个新来的班主任。张老师的脸色更难看了。

"好，开始上课！"

"第一排，对，左边这个大高个子，你来回答"

"你，就你"

"靠墙脚的那个，你上来解答"

"扎长辫子的那个，看什么看，就你——"

……

一个多月来，这样的提问方式几乎天天在张老师的课堂上上演着。

张老师有着超群的记忆力。有一次，学校举行记忆力大赛，别人背圆周率背到十来位就卡壳了，他一张口就是一百位，让所有教师和学生震惊得嘴巴成了大鸭蛋。张老师每接一个新班，他不用两个星期就把班里每个同学的姓名、特征乃至家庭状况都能说出个八九不离十。他因此赢得了"记忆王"的美誉。

可面对这个三（1）班，不知怎么的，张老师一点记忆学生姓名的兴趣都没有，以致一个多月过去能记住的学生寥寥无几。这一点连他自己都感到惊讶和不可思议。

张老师深深懂得记住学生名字的重要性。他也曾刻意去记这些学生的名字，可每次都好像记忆的闸门关闭了似的总记不住。

"第一排，对，左边这个大高个子……"

"靠墙脚的那个同学，你……"

"扎长辫子的那个，就你——"

……

这样的提问方式每天都在课堂上上演着。莫非自己的记忆力出了问题？这让张老师心里很苦恼。

这天，张老师刚一站到讲台上，前排左边的一个女生悄悄递上一张纸片，是一张座次表！每一行字都那么工整。看着面前这个脸色黝黑，个头矮小叫不出名字的学生，张老师脸上火辣辣的。

又一节课上，张老师刚打开课本，下意识地去拿座次表，糟糕，不知什么时候原本夹在课本里的座次表不见了。正在发愣，这时学生突然呼啦啦涌到讲台上，手里一个个举着一张纸，争先恐后地说着：

老师，这是我画的座次表！

老师，用我的吧！老师……

看着课桌上堆满的厚厚一摞座次表，张老师眼睛润湿了。这节课张老师突然找到了那种久违的感觉，那是一种轻松愉悦的感觉，是一种心与心的交融的感觉。

这晚，张老师办公室的灯光整整亮了一夜。

第二天，张老师的课讲得从没有过的流利。更让学生惊讶的是，在讲桌上根本没放座次表的情况下，一堂课全班学生几乎提问了个遍，张老师居然一个学生的名字都没说错！

下课了，学生好奇地问张老师怎么没带座次表，张老师指着自己的脑袋打趣说，谁说我没带？我放在这儿了……

转眼半年过去，学生即将毕业了。

这天，张老师刚到教室门口就听班长说：咱们就要毕业了，大家说该给班主任送什么礼物作纪念？

给买个相册！

不，买个水杯子，老师讲课太辛苦了！

每一棵小草都会有春天

……

教室里热烈地争论着。张老师一步跨进去，打断学生的话说：同学们，你们的心意我心领了。其实你们早在半年前就送给了我一份礼物……刚说到这儿，台下顿时炸开了锅：我们什么时候给老师买过礼物？没有啊？

张老师看着迷惑不解的学生，从口袋里掏出一摞装订得整整齐齐的纸，笑着说，你们看，这54份座次表不就是你们送给我的最好的礼物？它让我读到了同学们一颗颗火热的心，让我时刻反省自己该怎样当一个称职的班主任。在我心里，它就是无价之宝！

张老师话音未落，台下顿时响起了一阵清脆的掌声……

秘 方

第N次来的时候，赵大川叹了口气，说，你就那么想要秘方？马小珊一言不发。赵大川说，那看在你我夫妻一场的份上，我今天就告诉你。其实秘方就在我的眼睛里。

赵大川睡觉打呼噜。那呼噜打的，这么说吧，他要在屋里睡觉，那动静，隔两条街都能听见，打雷似的。

赵大川的呼噜打得那么有声有色，是有原因的。天天下车间干活，干的又是铸造厂最累最苦的活。一天下来，身子骨都快散架了。人困马乏的，睡觉就特别特别的沉。脑袋一挨枕头就鼾声四起，叫也叫不醒。

第三辑 谁给你的爱不留缝隙

赵大川这么能打呼噜，可害苦了一个人，他老婆马小珊。马小珊在一家高档酒店当前台导客员，个不高，长得细皮嫩肉的，一副江南水乡妹子的模样。马小珊睡觉醒睡，赵大川的呼噜让她睡不好觉，天天戴着黑眼圈，弄得同事都跟马小珊跟玩笑，劝她夜里悠着点。马小珊心里烦烦的。俩人恋爱那阵子，马小珊可不这样烦。那时的马小珊头枕着赵大川粗壮如柱的胳膊，耳听着赵大川如雷般的呼噜，觉得赵大川男人味是那么的足。足得她忍不住在赵大川的额头亲了又亲。

可如今马小珊实在忍受不了了。一到晚上，马小珊如临大敌。睡觉跟赵大川分床，还高低不让赵大川沾边。因为每次"那个"以后，赵大川的呼噜是变本加厉，一发不可收拾。赵大川意识到问题严重了。

难得歇班，赵大川说，我出去找个人，看有没有法子治了这该死的呼噜。

赵大川出去了大半天，到天傍黑才回来，还带回家一大包中草药。赵大川说，我跑了好几家医院，最后有个老中医给了个方子，让熬药喝，一天一次，晚上睡觉之前服用，以后就不打呼噜了。

马小珊将信将疑，她不是没替赵大川打听治疗打呼噜的法子，可打听了个遍，不是这个说根治打呼噜，开国际玩笑吧？这可是世界难题，就是那个说要治好打呼噜的毛病，只有拿刀子把鼻子割了。马小珊失望极了。嫁了个打呼噜的男人，只好一辈子自认倒霉。

所以，马小珊对赵大川说喝中药就能治好打呼噜的法子压根就没丝毫信心。可接下来发生的事却让她服了，彻彻底底地服了。马小珊发现，当晚，赵大川喝了自己熬的中药后，和往常一样睡下，结果，一夜没打呼噜。一连几个晚上，赵大川都没打呼噜。看来这

每一棵小草都会有春天

中药还真管用。

没有了赵大川呼噜的干扰，马小珊的觉睡得特别踏实，心情也一天比一天好，那肤色更是水润光滑，光彩夺目，高跟鞋踩在水泥地上格外脆响，马小珊整个人显得越发楚楚动人。

赵大川每每看着马小珊的小样，心里乐开了花。他喜欢看马小珊楚楚动人的小模样。为了马小珊，赵大川觉得让自己怎么做都值得。

说来也神了，自从没了赵大川的呼噜，马小珊的好运接踵而至。先是当了领班，后又成了总经理助理。每次马小珊回来心情都好得很。

那天，马小珊一到家就问赵大川索要治疗打呼噜的方子，说自己一个好姐妹，正饱受丈夫打呼噜之苦的折磨。赵大川便把自己买的中药给她，还给写了这几味中药的名字。马小珊很高兴，在赵大川的脸上亲了又亲。弄得赵大川直发蒙，嘴里嘟囔：至于吗？

可是几天后，马小珊不高兴了，说赵大川拿假药方骗她，说人家喝了那药，除了越喝越醒睡外，对治疗打呼噜啥效果没有。赵大川说，方子是真的，不过各人的体质不同，药效也就不一样。也就是说，这药方对我赵大川管用，未必对别人也管用。马小珊说赵大川你就没拿我当回事，糊弄我，让我丢大人了。马小珊一连几天不理赵大川。

赵大川发现马小珊外边有人了是在他不打呼噜半年之后。那时马小珊常常很晚回家，每次回来一身酒气，还特别劳累，对赵大川没有丝毫的热情和激情。

赵大川一打听，才知道马小珊跟总经理好上了。总经理妻子一年前出车祸死了。还有，那次马小珊问他要的方子就是总经理的。没等赵大川提出离婚，马小珊先提出来了，房子、票子都给赵大川，自己净身走人。赵大川的反应很平静，他只说了一句话：什么时候想回来了，我赵大川的家门随时为你敞开。马小珊说，赵大川，你就关好你的门，我是不会再回来的。

马小珊这话说得太满太早了。马小珊离开赵大川后，总经理并没有娶她，因为总经理受不了马小珊睡觉打呼噜比自己还严重的毛病。

马小珊从来就不知道自己睡觉也打呼噜，而且用总经理的话说，那呼噜打得不亚于打雷。马小珊又气又恼，自己打呼噜自己咋不知道？马小珊跑了很多家医院，用了很多个方子可都不管用，更不用说根治了。

马小珊想起赵大川那个深藏不露的秘方。

马小珊硬着头皮去找赵大川。

一次、两次、三次……马小珊不知跑了多少次，连她自己都记不清了。每次来都站在赵大川的家门外。

第N次来的时候，赵大川叹了口气，说，你就那么想要秘方？马小珊一言不发。赵大川说，那看在你我夫妻一场的份上，我今天就告诉你。其实秘方就在我的眼睛里。

在你眼里？！马小珊盯着赵大川的眼睛看了又看，没看出秘方在哪。

赵大川说，秘方就是——每天晚上等你睡了，打起沉闷的呼噜之后我才睡去。为了防止扛不住瞌睡，我就用专门买来能提神的中药熬药喝。

马小珊听了，心里一动，眼睛倏地红了。一颗心很痛很痛。看着眼前那道熟悉又陌生的门，马小珊不知道自己还能不能迈进去。

每一棵小草都会有春天

独自吹泡泡的女孩

第二天，女孩拿两根吸管和一瓶肥皂水去办公室找到马老师。老师，能和我一起吹泡泡吗？马老师轻轻点点头。

离上课还有几分钟，马老师拿着教本，早早到了初一（1）班教室前候课。因为这是她到这个学校给这个班上的第一堂课，她不想给学生留下拖沓的印象。

也许是春天的缘故，学生都跑出教室在院子里兴高采烈地吹泡泡。他们三个一簇，两个一帮，鼓嘟着腮帮子，嘻嘻哈哈，比着吹泡泡。那一个个、一串串五颜六色的肥皂泡在半空中忽高忽低，飘来飘去，逗起一阵阵欢快的笑声。看着眼前这个五彩缤纷的世界，马老师开心地笑了。

马老师目光温和地看着眼前的一切，突然发现靠墙根处一个扎着羊角辫的女生，正一个人默默地吹着泡泡，那泡泡又小又散，很少有成串的。

马老师走过去，笑着说，这位同学，我也喜欢吹泡泡，来，我和你一块吹好吗？马老师说着伸出手去，没想到羊角辫看也不看一眼，收起吹管跑进教室。马老师尴尬地站在那里，伸出的手半天没收回来。真是个奇怪的女孩。马老师这么想着也进了教室。

马老师习惯性地巡视了教室一圈，在教室后边看见羊角辫正低着头坐在那儿。一整堂课，马老师几乎没看见羊角辫抬头听课。这让马老师更加奇怪，这孩子怎么啦？凭多年的教学经验断定这个女

178

孩一定有什么心事，要不就是性格有什么问题。

几天下来，马老师断断续续了解到关于羊角辫的一些情况。原来，这个女孩的家庭以前还不错，几年前父亲开车出了车祸撞死了一个人，为支付巨额赔偿，弄得家里倾家荡产了，父亲连急带累得了脑血栓，只好靠捡破烂维持生计。母亲受不了家境的贫寒跟别人跑了。父亲从此变得脾气暴躁，整天酗酒，根本顾不上她。一连串的打击让女孩从此患上自闭症，不仅在学校不跟任何人说话，在家里也不说话。虽然老师、同学们都做了许多工作，可总不见效，没办法只好由着她。

马老师得知这些情况心里一下子沉重起来，那一刻，她仿佛看到了当年的自己。因为女孩的经历几乎就是自己的翻版。马老师第一次为了一个学生失眠了。

学校不少学生都是住宿生。每到周三，是住宿生最幸福和快乐的时刻。那些住宿生的家长们总会给孩子送些好吃好喝的。马老师发现，每当这个时候，羊角辫的头低得更低，眼睛里湿漉漉的。

又是周三放学时候，女孩一个人在教室里发呆，马老师拿着一小包热乎乎的东西过来，摸着她的肩膀说：刚才你父亲来了，这是他给你送的热包子，他让我转交给你，快趁热快吃吧。女孩露出一脸的惊讶和惊喜。马老师注意到，女孩捧着包子的手微微有些颤抖。这也难怪，因为在女孩的记忆中，自己上初中半年多来父亲还是第一次给自己送饭。

女孩没有注意到，马老师脸上的那缕微笑。

接下来的日子里，每到周三，女孩总能从马老师手里接过父亲送来的一包东西，有时是冒着热气的包子，有时是一包煎饼和一瓶韭菜炒鸡蛋，有时是几块香喷喷的猪头肉，有时是一件新衣服、新袜子……这让班里不少女生都羡慕不已，都夸赞女孩有个好爸爸。

每一棵小草都会有春天

转眼半年过去，女孩的性情开始有些改变，敢抬头走路，抬头看黑板。虽然女孩还是不愿和别人一起吹泡泡，一起把五颜六色的泡泡捧上天，但这已经让马老师感到十分的高兴和欣慰。

女孩最终是在一次与父亲的谈话中发现一直以来给自己送饭的其实不是父亲的时候，女孩的眼睛润湿了。那一刻，女孩清清楚楚地看到一缕温暖的阳光轻轻透过半开的窗子照进自己的心窝窝里。女孩感到阳光里有母亲的味道。

第二天，女孩拿两根吸管和一瓶肥皂水去办公室找到马老师。老师，能和我一起吹泡泡吗？马老师轻轻点点头。

片刻，办公室前响起了马老师和女孩快乐的笑声，那笑声伴着一嘟噜一嘟噜五颜六色的肥皂泡不断往空中飘去……远处高远的蓝天下，一群大雁正排着整齐的一字，嘎嘎叫着，往北飞着……

说狠话的老师

合上高老师的笔记本，我随他的孙女、我的学生高丽，来到那个向阳的小山坡上的坟前，将这颗倔强的头颅深深地弯了下去……

我上高三那年，本来成绩一向很不错的我，因为发生暗恋了的缘故，课上课下总是发了疯似的胡思乱想，成绩一落千丈，任课老师都很为我着急。虽然班主任高老师找过我谈过不少次话，好话鼓励的话说了不知道有多少箩筐，但丝毫不起作用。

我知道，这样下去的后果会是怎样。我也曾多次试图摆脱这种境况，但青春的荷尔蒙像火山喷发一样汹涌澎湃，势不可挡。我依然沉浸在自己编织的爱的梦幻中不能自拔。我颓废极了，懊恼极了，但也无可奈何，只好听天由命地在心里仰天长叹：天不佑我，天要灭我！

随着我的成绩的继续下滑，我已明显感觉到，我由以前所有任课老师的宠儿、大学苗子、重点培养对象，逐渐变成了老师的弃儿、众人遗忘的角落。就这么混天聊日子地过着。后面黑板上高考倒计时上的日期换了一次又一次，我明显感到高考的脚步越来越近，战前的沉闷气氛越来越浓重。我也变得越来越烦躁不安。

一个晚自习，我正趴在课桌上做起白日梦，心里遐想着和我的暗恋的她一起漫步在花前月下卿卿我我的美景。正在我飘飘然、渐入佳境的时候，高老师进来了，他走到我跟前，用力拍了一下我的肩膀，示意我出去。我跟着高老师出了教室。

在教室前面靠小河边的一棵大板栗树下，高老师再次和我谈心。我记不清他当时说了些什么，只记得说着说着，高老师恶狠狠地说："我早就知道，你一辈子没有出息，就等着回家种地去吧"可以想象，这话对我是多么大的刺激，你也可以想象，我心里是多么的气愤！

我狠狠地瞪大眼睛，死死地盯着高老师。也许他在黑夜里没有看到我的表情。我在心里发狠：高老头，你等着瞧吧，看到底我有没有出息！没等谈话结束，我气呼呼地转身跑进教室。

从那天晚上开始，我摒弃一切私心杂念，开始发奋学习，早晨第一个起床，每晚最后一个离开教室。几个星期过去了，我的学习成绩开始回升。但我心里一直想着高老师的那句话，没有半点骄傲和懈怠，越是学习成绩上升了，我越是更加刻苦。这期间，我一直赌气没跟高老师说过一句话，就连看他的眼光也充满了敌意和愤恨。

第二年夏天那个黑色的七月，我抱着必胜的信念走进了县一中的考场。半个多月后，成绩出来了，我的高考分数居然在全班前五名。班上的许多同学都向我投来惊讶的目光。我品尝到胜利的喜悦。在校园里，我和高老师打了个照面，高老师刚要开口，我一扭头转身走过去。因为我心里老想着高老师的那句可恶的话。

不久，我被一所师专学校录取，成了一名师范类大学生，圆了自己的大学梦。当很多高中的同学都去看望高老师的时候，我故意撂开他不去，甚至当着他的面向其他任课教师致谢，单单不和他搭腔。

两年后，我分配到了家乡的旮旯初中，成了一名语文教师，也是那所山区学校唯一的大学生。在以后的上课中，每当遇到不勤奋学习的学生，我总拿自己的例子来鼓励学生。而每次开头的第一句话就是：我之所以能考上大学，之所以能站在这个讲台上，完全是因为高三那年那句"你一辈子没出息"的狠话……之后便是不无自豪和得意地讲起我是如何如何发奋，如何如何高考得中等等"卧薪尝胆"的故事。

在不知讲了多少遍之后，我无意中发现，每次讲这个故事讲这句话的时候，班上有个名叫高丽的女生总是泪眼汪汪。我以为她被我的感染了震撼了，心里越发得意和满足。我甚至有了一种成功的感觉。但是，在一次批阅这个学生的作文中，我却被作文中的一段话流泪了。这段话是这样写的：

尊敬的厉老师，您也许不知道，我就是当年高三时教过您的班主任高老师的孙女儿。您完全误会了我的爷爷。您不知道，他是多么挂念着您……他到临死的时候还念叨着您的名字，渴望着能与您见上一面……

天哪！这个学生居然是高老师的孙女！高老师已经去世了！我真不敢相信这一切都是真的！

在第二天，我怀着印证和怀疑的复杂的心情家访了高丽，第一次走进了班主任高老师的家。在高老师生前住过现在他的孙女一家居住的那座简陋的房子里，我读了高老师写下的厚厚的几大本工作笔记。

在封皮都有些破碎的高三那本笔记本里，我看到了这样的一些熟悉的字迹：今天，我平生对一个我最喜爱的学生说了一句最刻毒的话，我知道，这会多么的伤人心。但是，他已经现在暗恋中不能自拔，我是万般无奈，只好使用激将法了。也许他会恨我一辈子，但只要他能考上大学，即便恨我也没关系。云云。

就在这篇笔记的后几页，我又读到这样一篇日记：今天看到小厉的成绩我很高兴。本想向他表示祝贺，可他在校园里故意躲着我，眼睛里那敌意的目光令我很伤心。但只要他有个好前程，我也就欣慰了。相信有一天，他会明白我的苦心。

在另一本封皮很新的日记本里，我看到这样的话：今天遇到在旮旯初中任教的我的一名学生，听说小厉失恋了，我真的很着急，真想去跟他说几句话，师徒俩好好聊一聊。人在关键时候，最需要的是帮助和激励。可我不知道还有没有机会……我教了几十年的书，教过的学生不下上千个，苦口婆心说过很多话，但说过得最粗鲁的一句话就是当年对小厉说的那句"你一辈子没出息"。但我至今仍然认为，这是我这一辈子说的最成功最好的一句话……

高丽红着眼睛告诉我，她的爷爷写这篇日记的时候已经病入膏肓，抬手都很困难。他曾一再要求我爸爸送他去旮旯学校看看我，可没等爸爸送他去，他就匆匆去世了。

高丽说，我本不想告诉您这一切，可是我觉得不告诉您实情，我爷爷在地下也不会安息。

我用颤抖的手捧着高老师亲笔写下的那一本本厚重的日记，恍惚回到了高三，回到了那个无知莽撞的青春年代。矮小干瘦的高老师仿佛又站在我的眼前，正在教室里神采飞扬地给我们上课，苦口婆心地跟我们谈心，聚精会神地批改我们的作业……我的心在发抖，我的心在流泪，那个我曾经憎恨的高老师正微笑着朝我走来，越来越近，越来越高大……

蓦地，高老师的那句话再次回响在我的耳畔，它是那么的震耳发聩，那么的温暖。我知道，这就话已经渗透到我的骨髓里，并将伴随我度过以后的漫漫人生路。

合上高老师的笔记本，我随他的孙女、我的学生高丽，来到那个向阳的小山坡上的坟前，将这颗倔强的头颅深深地弯了下去……

堆土玩的小女孩

女人微笑着小跑过来，说，对，是妈妈回来了，宝贝，对不起，妈妈跟你捉迷藏把你弄丢了，以后妈妈再也不玩这种迷藏了，妈妈永远和你在一起。

这孩子，咋就这么爱耍土？刚洗好的衣服又脏了……小丫头奶奶端着一盆洗菜水从屋里出来倒水，看见孙女小丫蹲在院子的那棵老梧桐树下，望着堆得尖尖的一小堆黄土发呆，那堆土像极了一个小坟堆。

堆这个做什么，多不吉利，我还要多活几年呢！奶奶一边嘟囔着，嘴里"呸呸呸"一连吐了好几口唾沫，一边过去拉小丫进屋洗手，小丫却死活不肯，也不说话，眼泪嘟噜着。

唉，这孩子，咋就这么爱堆土耍。奶奶摇摇头，叹口气，一脸愁容。他爹出去打工这么久了，咋还不回来，累死我了。奶奶自言自语着，进屋忙着做中午饭去了。

小丫今年五岁，妈妈病故的时候她才不到四岁，为了偿还家里欠下的债，小丫的爸爸年初就到外地打工去了，一去就是大半年，留下小丫和奶奶一起生活。

爸爸走后，奶奶发现，小丫常常一个人在院子里玩堆土，每次堆出的形状都大同小异，看起来像一个浓缩版的坟堆，这让多少有些迷信的奶奶心里有些别扭，好几次小丫刚堆完，奶奶就过去给一脚踏平了。小丫也不哭不闹，奶奶脚刚拿开，小丫就紧跟着重新堆好。奶奶看不过，又踏平，小丫又修复如初。小丫似乎跟奶奶较上劲。这让奶奶心里越发不痛快。

这还不算，有几次奶奶领着小丫到邻居张婶家串门，俩人家长里短地说话，小丫自己在院子里玩。临走了张婶出来送小丫奶奶，一眼看见墙角小丫堆得那个上尖下圆的小土堆，张婶虽然脸上看不出，心里却老大不高兴。奶奶当然意识到了，脸上赔着笑，弯腰拉扯小丫回家，小丫却不肯走，眼巴巴看着土堆，那眼神仿佛看的不是土堆，而是一堆金元宝。小丫拗不过奶奶，最终被奶奶生拉硬扯回家。几次三番，奶奶便不好意思上人家门，怕给人家添晦气，惹人家不高兴。

这丫头，咋就这么喜欢耍土？将来肯定又是刨土坷垃的料，唉，她爹啥时候回来啊，外边就那么好……小丫奶奶天天站在家门口朝村头张望，心里就盼着儿子哪天回来把小丫领走，自己也好歇歇。也难怪小丫奶奶这么想，奶奶才六十出头，腰早驼得像一张弯弓。

秋风吹落树叶的时候，小丫爸爸回来了，还带来一个女人，小丫奶奶看第一眼的时候，顿时呆了——这女人跟小丫的妈妈长得像极了，简直是一个模子刻出来的，她把眼睛使劲揉了又揉，嘴里啜

每一棵小草都会有春天

嚅着：她是……是……是……

小丫正蹲在院子里低头堆土，一抬头看见爸爸，身旁还站着一个女人，小丫瞪大圆圆的眼睛，一脸惊喜地望着她，下意识地小跑上前，又停住了，蹲下身子继续堆土。

女人有些尴尬。小丫爸爸快步过来，弯下腰，对小丫说，妈妈回来了，叫妈妈。

小丫看着女人，继续推平、堆起。

爸爸上前用手把土堆抹平，拉起小丫的胳膊，说，来，叫妈妈。

小丫一边往回倒，一边把胳膊用力往外抽，试图从爸爸手里挣脱出来，嘴里大声说：她不是我妈妈！我妈妈在这里，看见它就看见我妈妈了！小丫说着，眼泪巴巴地看着土堆。

这丫头，怪不得天天堆土耍，是这样。小丫奶奶这才明白过来。小丫妈妈下葬的时候，奶奶背着小丫站在一边，那个埋葬小丫妈妈的土堆早已深深刻进小丫的脑袋里。

唉，苦了这孩子。奶奶心头一酸，眼泪忍不住涌出来，不住地说，都是奶奶不好，奶奶委屈你了。小丫奶奶抬头看见儿子领回来的女人尴尬地看着自己，赶紧用衣角擦了又擦，拉过小丫，说，丫头，你妈妈跟你捉迷藏，跑到土堆里藏起来让你找她，她看见你找不到她，这不就回来了，快叫妈妈！

奶奶，是真的？小丫仰头头，一双圆圆的眼睛忽闪着，看看奶奶，又看看爸爸，看看女人。

女人微笑着小跑过来，说，对，是妈妈回来了，宝贝，对不起，妈妈跟你捉迷藏把你弄丢了，以后妈妈再也不玩这种迷藏了，妈妈永远和你在一起。

妈妈，妈妈，你真坏，你为什么不早来找我啊……小丫哭喊着，一脸泪珠地扑上去，一头扎进女人的怀里。

奶奶、爸爸看着土堆，又看看小丫，哭了，又笑了……

几天后，爸爸带着小丫和女人一起去了打工的那座城市，去了女人的家——小丫和爸爸的新家。在新家楼房的水泥小院里，女人专门留出锅台大一小块地，给小丫堆土玩，小丫却再也没堆过一次。她知道，妈妈不在里面玩了。

每年春天，那小小的地块里都会长出了一片五颜六色的花，将小院子装扮得越发美丽多姿、生机盎然。

兰花指

此刻，一低头，我清楚地看到，我的右手正拿着一本《水浒传》，左手摆着一个标准的兰花指。

兰花指是我的一个初中同学，本名鲁智深，那三个字和《水浒传》里那个大名鼎鼎的鲁提辖鲁智深一模一样。

在我们县二中初一(八)班65个同学中，兰花指是很有些特别的。全班同学数他个头最矮，两颗大门牙呲歪着，很容易让人产生些联想。还有，只他一个是农民工子弟。这给他招引来不少别样的目光。

这当然不算什么，兰花指鹤立鸡群的地方是他左手那个习惯性动作——兰花指。有事没事，他总时不时将左手掌伸出来，中指向前，其余四指后仰，状似山崖上怒放着的一朵兰花。大约是他插进我们班的当天，就有人发现了他的这个动作，自然而然地吸引了全班同学的眼球。不久他便得了一个新称谓——兰花指。

兰花指的性格比较内向，平日里嘴巴闭得紧紧的，从不主动与

每一棵小草都会有春天

人说话，即便我们当着他的面叫兰花指，他也不嗔不怒，一副事不关己高高挂起的样子，好像大家叫得人不是他。我们班几个女生常背后嘀咕：这鲁智深，假的！白白糟蹋了这仨字。要是那个梁山好汉鲁智深在世的话，一定会揍扁了他。看你还敢叫鲁智深！小样！将来找对象千万别找这样的孬种！最好别和他同学。

上天就好捉弄人，越不想的事偏遇到了。分组，我和兰花指分到了一个组。排座位，又和他成了同桌。这事搞得我这个能吃的大胖子天天吃饭没了胃口，硬是不长时间成了骨感美女。

那天大扫除，我们组一共六个人，负责打扫教室后的那片卫生区。我们几个人都耍滑惯了，不是这个站着玩，就是那个吃瓜子，我则跑到一棵松树下看起了课外书。只有一个人在挥舞着一把大扫帚，认真地清理着卫生区的卫生。不用问，就知道是兰花指。我注意到，此时尽管手里拿着一把大扫帚，可他那个左手仍然做着兰花指状。

真是个傻帽！我和小马笑着说。他好像听到了，又好像没听到，只管默默地干他的，后背都湿了，脸上汗水呱嗒呱嗒落在地上。本来一个组的任务愣是让他一个人完了。这情景，让我突然想起了那个鲁提辖鲁智深。别说，真有点像，别的不说，那把大扫帚挥来挥去，就有点像鲁提辖的禅杖——要是没有那个兰花指的话。

兰花指学习挺用功，成绩数一数二，尤其数学最棒。而我最愁的就是数学。这一点让我这中等生很是信服，也是唯一对他有点好感的地方。进入期末复习最紧张的阶段，大家都争分夺秒，谁也顾不上谁，都怕别人超过了自己。碰到数学难题，吭哧不出来，明明兰花指就在身边，可我偏偏不问他，去问前后桌，他们都不是说不会就是没时间。没办法，只好硬着头皮问兰花指。每次兰花指都认认真真解答，百问不厌，活脱脱一个小先生。这也是他唯一说话多的时候。只是讲着讲着，那只手又作着兰花指状。这让我很觉得好笑。

虽然课上用着他的时候我才会和他搭话。下了课立时变了样。照旧和那几个女生取笑他，背后拿他开涮。

我们学校前面有一条大马路，马路上有个大斜坡，天天来往的车辆不断。那天我买了几包瓜子，请那几个死党女伴一起品尝。正当我们在这条大路的斜坡上逛着，潇洒地嗑着瓜子的时候，突然听到身后有人喊"聂兰，快闪开！"，没等回过头，身子就被一股巨大的力量猛地往一侧一推，差点把我推倒。同时有人扑倒在一边。这当儿，一辆大货车从我的一旁飞驰而过。好险啊。惊魂未定，这才看清趴在地上的那人居然是兰花指，原来刚才是他在背后推了我一把。要不是他，我可能……想想真是后怕！这时他吃力地爬起来，他的手掌和膝盖被磕破了，上面沾了不少沙土。我慌了，劝他赶紧去卫生室包包。他拍打了一下身上的土，嘿嘿一笑，说不要紧，走了。我又一次注意到，他在拍打土的时候，左手又作着兰花指。

有了这次救命之恩，我对兰花指的态度有些改变。课下主动跟他说话。但他仍然话头不多。想到他那个兰花指，几次想问他为什么这样，可一直没好意思开口。

新学期开学后，兰花指没有回来。我四下打听，终于得知，暑假时候，兰花指的父亲在盖楼时不慎从楼顶上跌下来，造成终身瘫痪，兰花指只得辍学回老家照顾父亲去了。

那一刻，不知怎么的，我鼻子一酸，泪水哗哗地流了下来……

虽然至今我也不知道兰花指，不，我应该叫他鲁智深，为什么时不时做兰花指状，是故意作态？是天生的？还是受过某种伤害？还是……一切都无从了解。也许这辈子那个兰花指都将是我心中最凄美的一个谜。

此刻，一低头，我清楚地看到，我的右手正拿着一本《水浒传》，左手摆着一个标准的兰花指。

有情况

哼！谁跟你回家。小婵嘴上说着，一只胳膊早插进三丰的胳膊肘里，头靠着三丰，咯噔咯噔，袅袅婷婷地走了。

那天，张三丰请我到他家喝酒。三丰是我发小，在H局当科长，媳妇梅小婵在旅游公司当导游，炒得一手好菜。老婆出差不在家，三丰一请，我就去了。

来了？先喝着茶。三丰媳妇围着花围裙，边在厨房忙活边打招呼，末了，朝我莞尔一笑。这让我心里很受用。三丰媳妇长得那是"见过漂亮的，没见过她这么漂亮的"。

茶是"海岸绿茶"，我知道那是产在北方高纬度上好的一款茶，名气颇响亮。可见三丰对我这个朋友的重视。三丰出去买盐，我一小口一小口品着茶。忽听三丰媳妇说"你说过两天来看我，一等就是一年多"，我吓了一跳，是说我吗？可我没对三丰媳妇说过这样肉麻的话，即便有贼心也没贼胆啊。可不对我说的又是对谁呢？屋里除了我没别人。我心里怦怦直跳。

我探头去看三丰媳妇，发现她嘴里一遍遍重复着刚才的话，脑袋和眼神并没看我一眼，很陶醉的样子。莫非她是对别人说的，一时失态，忘了屋子里还有客？

观察了一会儿，我发现我自作多情了。三丰媳妇的确是自言自语。可那个"你"是谁呢？还"一等就是一年多"，够痴情的啊！明白了，三丰媳妇一定是外边有人了，这次思念至极，情不自禁地说出了心

第三辑　谁给你的爱不留缝隙

里话。

三丰啊三丰，你的漂亮老婆在外有人了，都一年多了，你还蒙在鼓里，你这个大傻帽啊！我心里酸溜溜的，替三丰委屈。

我装作若无其事一本正经地喝茶。三丰回来了，跟我打招呼，我没反应，三丰拍我肩膀一下，说，发什么呆啊！

哦哦哦，没事没事。我有些惊慌失措。

翠花，上酸菜，我跟牛科开喝。三丰很男人地吆喝着。

那顿酒菜我喝的吃的是心不在焉，丢了魂似的。心里一直为自己的一个重大发现激动着，不安着，犹豫着。

一天，我在街上碰到三丰，想起他媳妇的那句话，觉得有责任和义务提醒他，让他早防着点，免得不小心戴了绿帽子，那让他这个掌握实权的大科长情何以堪。

三丰，跟你说个事，也不一定是真的。

啥事？神神秘秘的，这可不是你牛科的风格。

这个……那个……小婵可能……有情况。

胡扯啥呢，小婵的为人我还不知道？再说了，你就借她个胆她也不敢啊，别腌臜小婵。三丰胸有成竹地说。

不信就算了，就当我啥也没说，反正……我觉着很尴尬，扭头就走。

反正什么？等等，说清楚。三丰追上我，一把拉住我。

反正她说……不能说不能说，你自己留意一下，多长个心眼的好。我留了一手，没把三丰媳妇的话和盘托出。

三丰看着我，眼神发蒙。

几天后，再次在大街上碰到三丰。三丰眼睛红红的，显得很憔悴。

咋了？三丰？

唉，别提了，那天你说了那话后，我一直留心观察，别说还真

每一棵小草都会有春天

有发现。

啥发现？

小婵她更爱打扮了，回来的也晚了，你说不是有事又是啥？昨晚我实在憋不住了问她，她死活不承认，还哭了，最后在我一再追问下她承认有了，说有了咋了？你说这话气人不？这不我们早晨刚吵了一架，小婵跑娘家去了。

唉，真是知人知面不知心啊，你说我那么爱她，小婵也左口一个三丰爱我爱你，右口一个三丰我爱你，怎么会出这种事？不行，我一定设法揪出那个人，看我怎么收拾他！三丰说这话的时候，眼睛红得像一匹饥饿的狼，冒出瘆人的凶光。我心里一激灵。

我……我可啥没说啊。说完，匆匆走了。

星期天，我在办公室里给那盆君子兰浇水，突然三丰和他媳妇闯进来。三丰怒气冲冲对他媳妇说，不信，你当面对质，你都说啥了，说不清楚我跟你没完！

她媳妇梨花带雨，泪眼婆娑，说，牛三炮，你说，我到底说啥了？

我一看坏事了，事情闹大了，一颗心怦怦直跳。

你……你没说……别的……只说……我结结巴巴起来。

说啊，牛三炮，大胆说！三丰理直气壮地说。

那天你在你们家厨房说……说'过两天来看我，一等就是一年多'，就这么说的，难道我听错了？

你呀你，好你个牛三炮！我是说过，可这是一首歌词好不好。我那是在唱歌，唱歌你懂吗？！

唱歌？是唱歌？哪有那样唱歌的？显然是情之所至，自言自语嘛，或者刚跟人打完电话嘴里还在嘀咕也有可能。我这也是为你们好。我振振有词地说。

牛三炮，你那天听到小婵说的就是这个？三丰愕然了。

对呀，难道这还是有情况？

你呀你，你可把我们害苦了。那是小婵在唱歌，噢，不对，她哪会唱歌，是说歌，读歌！我都被你搞糊涂了。

谁不会唱歌啦，谁不会唱？小婵不依不饶地说。

会唱会唱，唱得可好听了。三丰忙不迭地说。

这还差不多。小婵说着，白了我一眼，就你牛三炮多事。

我听明白了，原来小婵喜欢唱歌，却五音不全，每次唱歌都开启读歌模式。那天她刚学了一个新歌，正在用读歌模式练习呢。

对不起，误会了，误会了。我赶紧赔不是。

小婵，咱们回家。

哼！谁跟你回家。小婵嘴上说着，一只胳膊早插进三丰的胳膊肘里，头靠着三丰，咯噔咯噔，袅袅婷婷地走了。

有事乎？没事乎？哈哈哈。我哭笑不得地说。"啪"狠狠地捆了自己一耳光。

空　位

司马校长震撼了。望着眼前这群可爱的有情有义的孩子，他再次将目光落在那个空空的座位上，久久的，久久的……

"你说，这是怎么搞的？你们班明明只有 55 个人，为什么上报 56 个？这不是弄虚作假砸学校的锅吗？你给我说清楚，那个空位是怎么回事？！"

每一棵小草都会有春天

初一（1）班班主任赵老师前脚刚跨进校长室，司马校长就怒气冲冲地朝他发话了。

也难怪司马校长发火。上午，县教育局基教科的马老师来学校检查固生工作，赵老师的班报了56个学生，可负责检查的马老师进教室一统计，却发现班里只有55个学生，并且教室中间一排的第三个位子空着。铁证如山，说明这个学生的的确确辍学了。

学生辍学这在哪一个学校都是天大的事。因为县教育局每年一度的年终量化考核，明确规定超过限定辍学率，考核一票否决。干了一年的工作就算是白干了。从上到下，这么重视学生辍学，你当班主任的不及时上报，不设法补上，这是严重失职，是重大教学事故，是给学校脸上抹黑。你赵老师就等着挨处分吧！这不，刚送走教育局的马老师，司马校长就把赵老师找来了。

司马校长铁青着脸，拿烟的手抖抖的，烟头眼看就要烧着手指了，却浑然不觉，眼睛自始至终紧盯着赵老师的脸。

赵老师沉默了许久，终于开口了："校长，您先别生气，我们班的确有56个学生。"

"你说，少的那个学生哪儿去了？"司马校长质问道。

"校长您还记得那个李小米吗？"

"李小米？就是那个很淘气、经常给学校惹个小乱子的浑小子李小米？！"

"是他，两个月前他出车祸死了。"赵老师说到这里，顿了顿，摘下眼镜，擦了擦眼睛。

"这我知道。哎，小小年纪就这么走了，可惜了。"司马校长不无惋惜地说。"怎么？这事与他有关？"

"那个空位子就是留给他的。"赵老师说道。

"给他留的？这人死不能复生，既然人已经不在了，为什么还给他留着位子？还有，计算人数时为何把他还算在你们班？"

"这——校长，请您跟我一块到教室里走走好吗？"赵老师恳请说。

"去教室？干什么？"司马校长疑惑地看着赵老师，不知道他葫芦里卖的什么药。

"去了您就知道了。"

"好吧，我跟你去。"

司马校长和赵老师一前一后进了教室。

这是下午第三节自习时间。教室里，学生正在专心致志地自习。

司马校长扫视了教室一眼，很显然，他对学生的表现很满意。然而，当目光落在中间那个空着的位子上时，司马校长的脸色顿时晴转多云。

赵老师走上讲台，轻轻敲了敲讲桌，说："同学们，请停一下。"

学生齐刷刷地抬起头，愣愣地看着赵老师和司马校长。

"同学们，我有一个问题想请同学们解答。"赵老师说着，看了司马校长一眼，接着说，"请大家谈一谈你心目中的李小米是个什么样的同学好吗？谁先说？"

"老师，我先说。"

"不，老师我跟他同桌，我先说。"

"不行，他跟我是最要好的同学，我先说。"

……

赵老师话音未落，学生便争先恐后地说起自己心目中的李小米来。

司马校长静静地听着。

听着听着，司马校长的眼睛湿润了。因为，在他的眼前，分明看到了另一个李小米，一个曾经将自己零用钱捐给灾区的李小米，

每一棵小草都会有春天

一个为了解开一道数学难题而步行七八里找老师请教的李小米，一个在运动会上不小心摔倒了却坚持跑完全程的李小米，一个……

"多可爱的一个孩子啊！"司马校长由衷地赞叹道。

正慨叹着，司马校长突然发现教室里不知什么时候静下来了。他再次用目光环视了一圈教室，只见每个同学的脸上都挂满了晶莹的泪珠，和李小米前后桌的那几个女生伏在桌子上，肩头一起一伏，发出轻轻的啜泣声。

"我们喜欢李小米！"

"李小米，我们爱你！"

"李小米，我想你！"

"李小米永远和我们在一起！"

……

也不知是谁喊出的第一声，全班同学一个接一个深情地呼唤着。骤然间，教室里汇成了情感的海洋。

司马校长震撼了。

望着眼前这群可爱的有情有义的孩子，他再次将目光落在那个空空的座位上，久久的，久久的……

突然，司马校长用颤抖的声音说："对，孩子们，李小米永远和你们在一起。他永远属于我们这个班。中间的这个空位也永远属于李小米！"司马校长说完，两行热泪早已滚滚而出。

第三辑　谁给你的爱不留缝隙

妈妈来信了

第二天走进教室，我看到"小羊角"手里拿着一张粉红色的信纸，正专心地看着，那张圆圆的脸上红扑扑的，写满了惊讶和喜悦。

新学期开学后不久，四（5）班班主任因为生病住院，学校临时决定，由我兼任这个班的语文课并临时代理班主任。

就在第一堂课上，我发现后排靠墙根的那个座位上那个扎着两根羊角辫、圆圆脸、穿着很朴素的小个子女生上课总是低着头，好像在看着什么。这令我很不愉快。为了提醒她注意听讲，我两次重重地咳嗽了两声，可"小羊角"仍然无动于衷。很明显，"小羊角"一定是被什么东西深深吸引住了走了神。

她到底在干什么呢？居然有这么大的吸引力！我心里想着，手里拿着书讲课，嘴上一边讲着课，一边走下讲台，轻轻走到"小羊角"的课桌边。原来，"小羊角"手里拿着一张纸，正低着头痴痴地看着。令我惊讶的是，对我的到来，"小羊角"居然丝毫没有觉察。我很生气，把手用力一伸："拿来！""小羊角"身子一哆嗦，猛地抬起头，愣了一下，接着脸唰地红了。她用哀求的眼神看着我，仿佛在说：不交不行吗？我没有搭理她，再次将手向前送了送，一字一顿地说：拿来！也许是我的严厉起了作用，小羊角很不情愿地把纸放到我手里。我看也没看，一把抓过来，一转身，蹬蹬蹬回到讲台。我看到，"小羊角"的眼里泪汪汪的，可我没有理她，继续讲课。

一节课很快过去了。回到办公室，我一屁股坐下来。我

每一棵小草都会有春天

将收缴的那张纸摊在桌子上，我要弄明白纸上到底写了些什么，竟让一个女学生如此投入，完全忘记了上课。

我浏览了一眼，显然这是一封信，从那一笔一画的字体上看很容易看出它八成出自一个初中没毕业的学生的手。在信的右下角用铅笔画着一幅画，画面上，一个妇女拉着一个十多岁的小女孩在小道上走着，道路两旁是一片茂密的树木。在其中一棵矮小的杨树的枝头上站着两只小鸟，正相互梳理着羽毛。看着这幅画，我不由地笑了。我从头读起这封信——

小羊角，我的乖女儿：

这些天你过得好吗？你的学习有进步吗？考试了吗？我知道，每次考试，你都太紧张，做错不少题，你呀，什么时候才能改一改这个坏毛病……

孩子，这几天越来越冷，看来要下雪了，你的衣服都在你睡觉的屋子的左边的第三个门的第四个格子里。记住平时要随时换洗衣服，天冷了容易感冒，要多穿衣服，不要乱放，免得早晨起来慌慌张张，丢三落四的……

孩子，今天早晨吃饭了没有？你总不喜欢早晨喝稀饭，时间长了对胃不好，妈生你的时候身体不好，你也天生体弱。以后一定要多吃热的软的东西，特别是早晨，千万不要空着肚子走啊，这些你都记住了吗……

孩子呀，你想妈妈吗？妈妈想你啊！可妈没办法见你。孩子，在家要好好听你爸爸的话。你爸爸身体不好，腿上的病老犯，你长大了要好好照顾你爸，不要惹他生气。你爸这辈子也不容易啊……

孩子呀，小小年纪让你受这么大的委屈，妈对不起你啊……

好好学习，将来考大学……

我的小羊角，妈妈永远爱你！

第三辑 谁给你的爱不留缝隙

我明白了,这是"小羊角"的妈妈的来信。她妈妈是一个多么慈祥多么细心多么疼爱她的好妈妈。透过字里行间,我仿佛看到了我的妈妈。

可我心里有一个疑问——"小羊角"的妈妈在信中说她没办法见到"小羊角",这是为什么?难道她妈妈去外地打工了?还是和她爸爸离婚了?还是……不行,我一定要弄清楚。我找到"小羊角",可"小羊角"咬着嘴唇,始终不肯告诉我。我决定对她进行家访。

当天中午,我便骑车来到"小羊角"的家。在一处很普通的农家小院里,我见到了"小羊角"的爸爸——一个中年腿部残疾的驼背男子。从"小羊角"的爸爸断断续续的讲述中,得知"小羊角"的妈妈一年前出车祸突然去世了,只剩下他们爷俩过日子。我心里一阵心酸。多么不幸的家庭,多么不幸的孩子!

这时,我突然想起那封信,我愕然了,到底是怎么回事?难道一个死去的人还能写信?"小羊角"的爸爸听了我的疑问,重重地叹了口气:哎,这孩子太想她妈妈了,经常偷偷把自己关起来,模仿着她妈妈的语气给自己写信。都快半年了。说着,"小羊角"的爸爸撩起袖子擦了擦眼睛。此情此景,我还能说什么呢?

从"小羊角"家出来,我心里沉甸甸的。这晚,我第一次失眠了。我知道,我应该为小羊角做点什么。于是,我走到写字台前,打开灯,抽出那摞粉红色的信纸……

第二天走进教室,我看到"小羊角"手里拿着一张粉红色的信纸,正专心地看着,那张圆圆的脸上红扑扑的,写满了惊讶和喜悦。

从此,每当天冷了的时候,天热了的时候,过生日的时候,心里有什么委屈的时候,和同学闹情绪的时候,考试考得不好的时候……"小羊角"总能准时收到一封粉红色的信笺,那信的右下角用铅笔画着一幅画,画面上,一个妇女拉着一个十多岁的小女孩在小道上走着，道路两旁是一片茂密的树木。在其中一棵矮小的杨树的枝头上站着两只小鸟，正相互梳理着羽毛。信末总是写着这样一句：我的小羊角，妈妈永远爱你！

每当这时，"小羊角"的嘴唇翕动着，仿佛喃喃自语，脸上洋溢着巨大的幸福和甜蜜。也许，只有我知道"小羊角"心里说的什么——妈妈来信了！我妈妈来信了！

母亲节的鲜花

孩子们，谢谢你们。大家忘了，在我们校园里还有一位真正的妈妈老师，她就是我们的老校长马老师，走，给校长妈妈送花去！

这是上午的第一节课前的几分钟。

我一个人站在办公室里，不停地来回走着，时不时地低头看一眼墙上的那块表。离上课时间只有五分钟。往常这个时候，我早已去了教室。可今天，我的心绪不宁，确切地说，我已经没有了上课的心情。明天，我将离开这所山区小学，到远方那个陌生的充满诱惑力的城市。

两年前的那个夏天，师专毕业的我，怀着振兴山区教育的豪情壮志和为家乡奉献青春的铿锵誓言，拒绝了男友的劝阻，自告奋勇，志愿来到这所偏僻的山村小学，来到这个只有一个教师兼校长的学校。

我的到来，让年过半百即将退休的女校长激动得半天说不出话来。附近的村民也都不约而同地赶来看我，给我送来热乎乎的炒花生、刚出锅的嫩芋头。这让我深深感受到了山里人的纯朴和热情。那一刻,我更加坚定了献身山区教育的决心和信心。从那天起,我全身心扑在了工作上。

转眼两年过去,这所小学的教学质量已经走在了全县前茅。我也成长为全县小有名气的骨干教师。我沉浸在幸福和成功之中。

可是,不久前男友的一封信搅乱了我平静的生活,在我的心湖里激起层层涟漪。男友要我和他一起到南方那座发达的城市工作,并且已经替我签订了聘约。我知道,这是男友对我下的最后通牒。看着那熟悉的笔迹,我的脑海里无数次浮现出师专的相恋生活,耳畔再次响起父母常说的那句"人往高处走"的老话,想起当年同学们的规劝……我犹豫了。

经过两个不眠之夜的思索,我忍痛同意了男友的请求,决定和他一起到那座城市开创新的事业。

这将是我给学生上的最后一堂课。此时此刻,我突然想起法国作家都德的那篇著名小说《最后一课》,我的心情万般复杂,说不出是个啥滋味。男友的脸和班上狗蛋、菊花、九斤……的脸交织在一起,搅得我眼花缭乱,心乱如麻。

隔着办公室的窗子,我看到学校正对着的那座山坡上红艳艳的一片。我知道,这是映山红盛开的季节。每年这个时候,我都带着孩子们到山上观察,进行现场作文比赛。那是多么幸福的时光啊!可我……我心里突然涌起一阵想哭的感觉。

墙上那只"嗒嗒"走动的表提醒着我上课时间到了,你还在想什么?我急匆匆走进教室,习惯地巡视了一圈。我吃惊地发现,今天的气氛似乎与往日不同。孩子们一个个倒背着手规规矩矩坐着,后排的狗蛋、菊花的表情似乎有些异样,眼睛紧盯着我。莫非学生已经知道了我要离开的消息?不可能,连校长老马我都没有告诉。

每一棵小草都会有春天

我轻轻吸了一下鼻息,隐约闻到一股股淡淡的花香。哪来的花香?我兀自纳闷。莫非自己神经过敏了?见鬼!还是好好讲完这最后一堂课吧。我不能辜负了学生。

我稳定了一下情绪,抬起脚,走向讲台,强装镇静地打开书本。这时,狗蛋突然跑上讲台,红着脸说:"老师,祝节日快乐!"说着,从背后拿出一枝映山红送到我手里,转身跑了下去。几乎在同一时刻,教室里骤然响起了一阵"老师,祝您节日快乐!"的祝福声。接着,几十枝红艳艳的鲜花争先恐后地落到了讲台上,它们有的还带着晶亮的露珠。

看着眼前的大堆鲜花,我愕然了:今天是什么日子?

今天是母亲节!您忘了,前几天您告诉我们!学生们异口同声地说。

可我还没结婚呢,更没有孩子,我还不是母亲,你们怎么送花给我?我的声音里明显有些不高兴。

不,老师,在我们的心里,您就是我们的母亲,您是我们的妈妈老师!孩子们异口同声地说。

妈妈老师?老师妈妈?世上还有比这更崇高更高贵的称谓吗?我心里一颤,眼睛润湿了。

我配吗?我心里真的有你们吗?孩子们,原谅我,请相信,我会成为你们真正的妈妈老师。我一遍遍拷问着自己,告诫着自己。看着台下一张张兴奋得红扑扑的脸,那一刻,我想起了当年的我。我知道我该怎么做了。

孩子们,谢谢你们。大家忘了,在我们校园里还有一位真正的妈妈老师,她就是我们的老校长马老师,走,给校长妈妈送花去!

孩子们兴奋极了,嗷嗷叫着,簇拥着我向校长室走去……

几经波折,这年冬天,男友为了我最终放弃了大城市的生活,不远千里，来到大山深处这所偏僻的山村小学，来到了我的身边，当了一名山村小学教师。几年后，这所小学里又多了一位"爸爸老师"。

55号储物柜里的秘密

如今，在我的上衣口袋里，每天都装着一个小本子，同时在教室那个55号储物柜里，放着另外一个一模一样的小本子。

左排最上边靠近门口那个55号储物柜，我已注视一个多月了。每次目光一落在55号身上时，眼睛瞬间变成一块磁铁，牢牢吸附在这个方盒子上不能自拔。

那是学校为方便学生存放物品专门制作的一排储物柜，就靠在教室的北墙上，班里学生每人一个。55号是班主任赵老师的专属。

每天早晨上课前，赵老师总会到教室里巡视一圈，然后打开55号，拿出那个巴掌大的小本子，在上面写点什么，之后再放进去锁好。这样的动作，每天下午放学时都会复制一次。

小本上都记着啥？莫不是我们几个刺头的黑账和证据？说起我们这个班，那在全年级叫响。不是因为多么优秀，而是谁接谁棘手的后进班。之前的两班主任都因管不了愤然辞职。现在的班主任赵老师听说是自告奋勇来的。我们都冷眼以待，看他到底能有几把刷子。

出乎我们意料，想象中暴风骤雨式的批评和秋风扫落叶般的惩罚并没有发生，那些生铁一眼冷冰冰残酷无情的条条杠杠也没有出炉，有的只是赵老师始终春风拂面一样的一张笑脸和和风细雨般的谈心。这让我们几个坏小子既有些失落，又有些莫名的感动和期待。

203

每一棵小草都会有春天

那天下午放学时，赵老师突然宣布下周一开家长会。这让我顿时紧张起来，看55号的眼神越发急切，仿佛那是一颗一触即爆的炸弹！因为我的那些劣迹，在外打工的父亲还蒙在鼓里，他要知道了，就他那火暴脾气，可够我牛小勇喝一壶的。

其实，我原本不是这样，也不想这样。初一下学期母亲突然离世，父亲给我领进后妈那天起我就变了。父亲和后妈都在外地打工，顾不上我，这让我没了约束，很快便和班里那几个刺头搭上帮，成了他们忠实的跟班。赵老师几次找我谈心，还把我领到他家吃饭，病了给我拿过药，可我并不动心，依旧我行我素。

出乎我的意料，父亲会按时来开会。这让我越发惴惴不安。不行，一定要赶在家长会之前，把55号里面那些物证和黑账给毁了。

周一中午，趁没人注意，我偷偷溜进教室，哗啦，只几下就打开了。这让我有些诧异。顾不得多想，找东西要紧。只见一个封面上写着"班级大事记"巴掌大小的小本子静静地躺在那里，仿佛等待我的翻阅。按照写着名字的标签，我很快找到我那页，上面密密麻麻写满了文字：妈呀，事还不少啊！我一目十行，翻看着：

某月某日早晨，牛小勇弯腰捡起学校门口的一片纸，放进口袋里；

某月某日中午，牛小勇主动把生病同学送进卫生室；

某月某日下午放学途中，牛小勇主动搀扶起一个倒地不起的老人；

……

令我惊讶的是，直到最后也没发现一条写着我的劣迹。其实，上面记的这些事都是我举手之劳，下意识之举，不知怎么，赵老师都知道了，而且还一五一十地记在本子上，还上了"班级大事记"。这让我又失望，又有些暗自得意。趁午休没人，我赶紧将55号恢复原样。整整一个下午，我都装作若无其事的样子，当然也没像往常那样调皮捣蛋。

开完家长会，父亲一回到家就笑吟吟地拍着我的肩膀说，好小子，人家班主任表扬你好几回，没给老子我丢脸。

赵老师真的只字没提我的劣行。看着父亲布满皱纹的脸庞和松树皮一样粗糙不堪的大手，心里说不出的难过。我开始有意识地远离那些刺头。渐渐地，我又找回了初一时候那个优秀的我。

没想到的是，初二暑假，赵老师调到了县教育局去了。我心里很难过，觉得以前太不懂事，对不起他。于是，我把愧疚化作学习的动力，一头扎进书本中。

一年后，我以年级第三的成绩升入重点高中。

三年后，我被一所重点师范大学录取。

大学毕业后，我志愿回到家乡当了一名乡村教师。有一次偶然碰巧赵老师，他现在已是分管教学的县局副局长了。说起那年我的种种劣迹和55号储物柜里的秘密，赵老师笑了，说，55号储物柜那可是他治理班级的秘密武器，那次他是故意没上锁。原来，我心里的小九九他早就从我游移不定的眼神中捕捉到了。

我的脸倏地红了。

赵老师说，其实，那天我看到的小本子他还有一个，被他整天装在上衣口袋里，那里面记载着学生违规违纪情况。他之所以建立两个小本子，就是想提醒自己，在发现学生的缺点、设法纠正的同时，更要看到学生的优点，增强后进生转化的信心，还有让学生看到希望，找到自己的闪光点。他认为，那些违规违纪学生只是在大森林里夜行暂时迷了路，只要点亮一盏灯，总有一天会走出大森林……

如今，在我的上衣口袋里，每天都装着一个小本子，同时在教室那个55号储物柜里，放着另外一个一模一样的小本子。

无法拍成的照片

第二天，报纸上对困难住宿生补助款发放一事只简单发了几十个字的一则简讯。原定图文并茂感人肺腑夺人眼球的新闻特写泡汤了。新闻部主任狠狠批评了我。我却从心底感到高兴。

那天，我作为县报重磅新闻版的资深记者，前往偏远的旮旯初中，采访困难住宿生补助款发放工作，以便向社会公开这项民生政策的落实情况。

旮旯初中政教处赵主任具体负责这项工作。他很热情地欢迎我的到来，参与监督、宣传学校困难住宿生补助款公开公正发放事宜。赵主任拿出一份名单，上面列着六个学生的名字和家庭情况。赵主任安排人去召集学生。我先浏览材料。

张新苑：初一（5）班学生，父亲早逝，母亲身体患糖尿病，一年前下岗，靠在饭店打小工维持生计，抚养张新苑和上小学的妹妹，家庭经济极为困难。

刘家岭：初一（8）班学生，父母双亡，跟爷爷奶奶生活，爷爷年老体衰，终年四下捡破烂，收入微薄。

木逢春：初二（3）班学生，父亲精神失常，母亲身体残疾，靠低保维持生活，无其他任何收入，是村里的特困家庭。

……

看着这些特殊的家庭状况，我心里异常沉重，手中的这张纸仿佛千斤重，越发觉得到困难住宿生补助政策的温暖。

第三辑　谁给你的爱不留缝隙

学生陆续来到会议室。和同龄学生比，这些学生脸上没有应有的快乐和阳光般的笑容。我温和地和他们拉家常，询问学习、生活等情况。他们都很拘束。这我理解，毕竟我是陌生人。

赵主任简要介绍发放困难住宿生补助政策的重要意义，并要学生从思想上认识到党和社会的关爱，更加遵规守纪，勤奋学习，将来回报社会。

赵主任念着名单，要学生一个一个领取现金并签字。我则在一旁抓拍镜头。

木逢春，来，这是八百元，在这里签字。赵主任说着，把签字纸递到木逢春手里，我赶紧举起相机做好抓拍准备。我要把学生领取补助时最感动的一瞬间定格在镜头里，反馈到全社会。可是，我等待的那个场景非但没有出现，甚至木逢春连接都不接。

木逢春，签字啊，这里。赵主任催促道。时间宝贵，快领完回去上课。木逢春眼睛看着我却不肯签字，越说越往后退。

我问木逢春，你家里不需要这笔钱？

他嘴唇哆嗦着，说需要，他很想给父母买斤肉吃，他们家已经好久没吃到肉了。还有，给妈妈买一件新衣服，妈妈已经四五年没穿新衣服了。

我问，那为什么不快接着？

木逢春不回答，眼泪嘟噜着，差点流下来。

赵主任只好让他上一边等着，然后让刘家岭领钱签字，可刚才木逢春的一幕再次重演。

我问刘家岭，家里不需要这笔钱？

刘家岭摇摇头，说他非常想给爷爷买双厚棉鞋，爷爷穿着捡来的破棉鞋捡破烂，实在太冷了。

张新苑说想给母亲买瓶护肤霜，来回打工手都皲裂了；马六甲

207

每一棵小草都会有春天

说他想给自己买个文具盒……

可都上演了和木逢春同样的场景。他们明明都需要，却不肯签字。看着他们眼睛时不时瞅着我的相机，我明白了，他们都不愿意上镜头。虽然没有图片，做不到图文并茂那样强烈直观的效果，可只用文字也行。我收起相机。出乎我的意料，他们还不肯签字领钱。赵主任无奈地看着我。我顿悟过来，推说有点事先出去了。

不一会儿，他们都从会议室出来，拿着手里几张百元大票，脸上掩饰不住的喜悦。那是一种久旱逢甘霖的幸福，仿佛脸上被暖暖明媚的阳光照着。职业敏感让我赶紧再次举起相机抓拍，不想他们发现了，纷纷用手挡着，一脸惊慌和不愿。我尴尬地笑笑，只好作罢。他们各自朝各自的教室走去，边走边回头张望。

目睹着他们越走越小的身影，一种说不出的滋味涌上心头。

回到会议室，赵主任歉意地说起刚才的不快，说山里孩子不见天不懂事，耽误你的工作了，让您见笑了，实在对不起。

我说这没什么，可以理解，人都要个脸面，学生也不例外。我草草结束了采访，返回单位。

第二天，报纸上对困难住宿生补助款发放一事只简单发了几十个字的一则简讯。原定图文并茂感人肺腑夺人眼球的新闻特写泡汤了。新闻部主任狠狠批评了我。我却从心底感到高兴。

两个星期后，旮旯初中赵主任给我打电话，激动地说，那几个学生都收到不知哪里的好心人寄来的物品。除了学习用品外，还有专门给刘家岭爷爷的厚棉鞋，给木逢春家的腊肉和给他妈妈的新衣服，给张新苑母亲的护手霜、羽绒服……麻烦我给打听一下，都是那些好心人，也好代表学校和学生家庭感谢人家……

听着赵主任又激动又感激的话语，我应该和报纸上常写到的那句话那样:"此时,我欣慰地笑了",可此时此刻的我却始终笑不出来,心里反而有种酸酸涩涩的感觉。为什么?我说不清楚。

爷爷的故事

我看到,几片绿色的茶叶在透明的玻璃杯子里一上一下,一上一下……渐渐地,全部沉在杯子底下,不动了。

那个日本小老头找到奶奶的时候,奶奶正在天井里晒太阳。奶奶头靠着墙根,下巴压在手上,两手扶着一根流光发亮的拄棍。奶奶昏昏欲睡,头一点一点地。阳光很亮,很暖。奶奶额头正中那块月牙形的痣在阳光的照射下发着明亮的光,很扎眼。

老头后边跟着四五个人,有村里的,也有镇上的县里的。村支书开口要叫奶奶,被那个日本老头及时制止住了。老头弯下腰,仔细看着奶奶的额头,靠前一步又后退一步。突然,老头激动地说:是她,就是她,我认得她额头的这块月牙痣!老头挂在胸前的相机来回游荡着,像挂钟。

奶奶被老头的说话声惊醒了。奶奶看着眼前这么多人吃了一惊,拉过胸前的那方手巾使劲擦着眼睛,拿拄棍指着这个陌生老头问村支书:大贵,他……他是谁?

村支书赶忙上前,说:婶子,他是从日本来的客人,专门找你的。

找我的?找我干什?

老头微笑着忙上前一步,哈着腰说:老人家,我是藤野严九郎,那年您救过我的命,治好了我的肚子疼……

每一棵小草都会有春天

藤野严九郎？你……你来做什么，又想害人不成？！奶奶跺着三寸金莲，拄棍在石头上戳得咚咚响。

太阳正中。明晃晃的一片白。奶奶的拄棍不停地戳着。突然，两行老泪从奶奶脸上滚落下来，落在青石板上，溅起一连串水花，又落下去，在青石板上留下一小片湿。70多年前的一幕再次清晰地浮现在奶奶的脑海里……

1942年的春天，桃花刚打花骨朵。这天，村里来了两高一矮三个鬼子，矮的个头像倭瓜。两个高的手里端着明晃晃的刺刀，倭瓜斜背着枪，胸前挂着一个书包大的相机。妇女们全被集中到村后的打谷场里。奶奶那时三十多岁，裹着三寸金莲，也在这群人中。倭瓜拿着放大镜，一个一个看着妇女的三寸金莲。嘴里说着：不可思议，不可思议。你们的良民的大大的，照相地干活。将相机对着妇女的三寸金莲，妇女们轰的一声，踩着小脚惊慌失措地四散逃跑。村里人都听人说过，要是被鬼子照了相魂就收进小盒子里回不来了。

奶奶在前边跑，后边接连响起痛苦的呻吟声。奶奶一回头发现那几个跑得慢的被追来的那俩高个子鬼子给一个个刺倒了……

奶奶打小就有晕血症，一下子吓晕了……奶奶醒来的时候看到自己赤着两脚，倭瓜正拿着相机对着自己的三寸金莲要拍照。奶奶赶紧收起脚。一个高个子鬼子举刀就要刺奶奶，被倭瓜挡住了。

第二天鬼子又来了，不过只来了那个照相的倭瓜。他没背枪，用生硬的中国话反复说着：我的只给你们照相，照脚的干活，不要怕。妇女们虽然很痛恨鬼子，可看到这个鬼子没带枪，也就稍微放了心，但坚决不让他照相。奶奶和倭瓜鬼子形成了僵局。

突然，倭瓜一脸痛苦地捂着肚子，脸色苍白，大汗淋漓。奶奶家世代行医。奶奶很快判断出鬼子得了急性肠炎。这种病疼起来要命，要不及时救治三四个时辰必死无疑。

妇女见状一哄而散跑了。奶奶跑了几步又鬼使神差地回来了，给倭瓜把了脉，把鬼子扶到自己家中，熬了一碗中药喝下。一顿饭工夫倭瓜就好了。倭瓜千恩万谢地走了。临走说他叫藤野严九郎。邻村隔三岔五地听说进了鬼子，死了多少多少人，奶奶的村却再没来一个鬼子。

"文革"中，奶奶因为42年救过鬼子的事被打成叛徒，天天胸前挂着石头戴着高帽子游街。遭那样的罪，奶奶却奇迹般地活下来……

老人家，您醒醒，是我，藤野严九郎！我是来赎罪的，您老人家受苦了……这个叫藤野严九郎的小老头的眼睛里泪花闪闪。

村支书告诉奶奶，这个藤野严九郎入伍前是日本东京大学的汉学专家，对中国女人裹脚现象很感兴趣，专门到我们村考察妇女裹脚，没想到造成两名妇女无辜惨死。是他阻止了鬼子到我们村扫荡。他现在是日本一家著名企业的董事长。这次来一是谢罪，二考察投资建厂，三为谢恩，同时想了结自己的心愿，亲自为奶奶的三寸金莲照一张相。村支书还告诉奶奶，省市领导对藤野严九郎的这次考察很重视，非常希望那个项目能够在县里落户。

奶奶听了一句话没说。

当晚，奶奶的灯亮了整整一夜。

第二天，藤野严九郎的相机对着奶奶的三寸金莲不停地咔嚓咔嚓。奶奶穿着那件压在箱底多年的大襟褂，面色凝重，一言不发。当天，一个投资亿元的外资项目在村委会大院签下合同。

谁也没想到，就在这天晚上，一向身体硬朗的奶奶无疾而终。怪事有二：一、奶奶额头的那块月牙痣不见了；二、那张藤野严九郎送给奶奶的照片不见了，在奶奶炕前的脸盆里却多了一小撮卷曲

每一棵小草都会有春天

的纸灰……

……半天沉默无语。

你不知道，这位老奶奶是谁吧？说了也无妨，她就是我奶奶。她的事县志里都有记载呢。对桌办公的王老师说。落山的太阳光透过办公室的窗玻璃，斜照在他的额头上，将他一头白发染得一片金黄，铜雕一样

我起身给他的杯子里续了一杯水。

我看到，几片绿色的茶叶在透明的玻璃杯子里一上一下，一上一下……渐渐地，全部沉在杯子底下，不动了。

我一句话没说。

因为，我想起曾当过武工队长，因负伤被鬼子抓住活埋了的爷爷，要是活着的话现在应该有九十九岁了。

啪啪啪

那一刻，我仿佛清楚地看到，一只大鸟正挥动着巨大而有力的翅膀，一路欢歌，向着那边的蓝天白云奋力飞去……

亮是我的同班同学。亮的座位在我的前面。亮上课的时候身子从来都是斜着的。作业本上的字更是找不出一个正当的，乍一看像刮东北风。答题卡上的铅笔印像淘气的小蝌蚪，一个个都跑到格子外。

亮一天到晚很少离开自己的座位，始终保持沉默状态。课下或体育课的时候，当别的同学都在教室前、操场上跑步、跳绳、打羽毛球、

第三辑　谁给你的爱不留缝隙

做游戏，尽情地玩耍、活动时，亮却只能一个人默默地坐在教室里，手托着腮，嘴里咬着笔杆，出神地望着窗外，望着紧靠窗子的那棵白杨树上的一只小鸟，一忽儿从这个枝头跳到那个枝头，又一忽儿从那个枝头跳到另一个枝头。每当这时候，亮的眼睛里总是雾蒙蒙的。这一切都是因为可恨的小儿麻痹症。我敢说，要不是身体的残疾，亮一定是我们初二三班最高最帅气的男生。

我们上体育课的操场在教室的东边，与教室仅一墙之隔。那一天，我们都去上跳绳课了。这是我们最喜欢的体育课型。也许太过兴奋和高兴，跳绳时一不小心，我的脚崴着了，我坚持着自己一瘸一拐地走回教室。

好容易挪到教室门口，操场上响起了一阵"啪啪啪"的拍掌声，这是体育老师和同学们拍手下课的声响。墙外的"啪啪"声未停，教室里紧跟着响起了"啪啪啪"几声清脆的拍手声，接着听到亮"可以休息了"的说话声。

我很诧异：体育老师要求很严，每次上体育课，从不允许任何同学无辜缺课。只有亮例外，可以独自留在教室里看书。今天这说话声是怎么回事，难道还有谁没去上课？

我满怀疑惑地一步一步挪进教室，发现只有亮一个人坐在课桌前正甜甜地微笑着，很幸福快乐的样子。原来是他在自言自语！

见我进来，亮的脸唰地红了，他不好意思地说：我……我虽然不能上体育课，可我和同学一样，都属于这个班集体，必须遵守同样的规定……亮说这话的时候一脸凝重。

我心里突地一动，一种异样的感觉涌上心头。我的心灵震撼了。我仿佛看到折了翅的鸟儿对天空的渴望！

说不清是什么原因，我突然脱口而出：亮，我刚才当了逃兵，没有上完这堂课，让我们一起拍手下课好吗？

每一棵小草都会有春天

亮惊异地看着我，犹豫了片刻，然后伸出了那双干瘦如柴的手。"啪啪啪""啪啪啪"……教室里骤然响起了两双整齐、响亮的拍掌声。亮的脸上露出了从未有过的笑容。

第二天，我把昨天目睹的一切悄悄告诉了体育老师马老师。马老师先是惊讶了一声："这是真的？"接着便沉默下来，仿佛陷入了沉思之中。好久好久，马老师仿佛做出了一个重大决定，神情庄重地点了点头。我看到马老师的眼睛红红的。

又是一节体育课。这天，马老师早早来到教室，径直走到亮的跟前，弯下高大的身躯，亲切而郑重地说：亮，全班54个同学，每一个都是这个大家庭中不可缺少的一员。请原谅老师以前对你的疏忽，让我们一起去上今天的体育课好吗？

亮抬起头，那双眼睛瞪得好大好大，他一会儿看看老师，一会儿又看看周围的同学。看着看着，蓦地，两行晶莹的泪水潸然而下……

教室外队伍早已整好了。每一个人都在静静等待着。亮不再犹豫，不再迟疑，他轻轻推开好心帮扶他的同学，艰难地站起来，歪斜着身子，一步一步，艰难地挪出教室，蹒跚着，站到了队伍的最前面。此刻，亮一脸的刚毅。

队伍开动了，像一条潺潺流动的小溪，欢快地向远处流去……

"叮零零"四十五分钟眨眼过去了。下课时间到了。一直坐在树下看同学们上体育课的亮，立即艰难地站起来，歪斜着身子，走到队伍前面。

体育老师高声喊道：下课！接着手一抬，"啪啪啪"54双巴掌同时抬起来，整齐的队列骤然变成了声音的海洋。亮笑了。全班同学也笑了。马老师也笑了。

此后，在我们班的体育课上，每到快下课的时候，总会看到一个身材瘦小，歪斜着身子的男生，从那棵绿荫盖地的大树下吃力地

第三辑　谁给你的爱不留缝隙

站起来，慢慢地走向队列。所有同学都站在那儿静静地等待着，等待着……

少顷，队列里骤然响起了一阵阵"啪啪啪"整齐有力的声响，这声响久久地回荡在操场上空，回荡在 55 颗火热的心中……

那一刻，我仿佛清楚地看到，一只大鸟正挥动着巨大而有力的翅膀，一路欢歌，向着那边的蓝天白云奋力飞去……

听　泉

干旱终于过去，小河的水又涨起来了。山泉的水位更高了。叮咚的声响也大起来……

女孩坐在河边一块心形石上，双手抱膝，头微微侧向一边，左手拿着一株黄色的小花，右手抓着一个小小的竹篮，竹篮里面装着碧绿的青草。

女孩脚下是一条淙淙流淌的小河，河水发出哗啦啦的声响。对面是一座骆驼状的高山。身后是一所袖珍式的小学。女孩是这所学校的学生。落日的余晖从驼山顶上泄下来，温柔地洒落在女孩的身上，将女孩的脸染成一片金黄。

女孩就那么一个人坐着，侧着耳朵，专注地倾听着什么。听什么呢？这是女孩的一个秘密，一个只有她自己知道的秘密。此刻，女孩的耳朵里全是叮咚作响的声响，那是女孩心中最美的音乐。

音乐来自河的那边、驼山脚下的一眼山泉。女孩发现这个山泉已经很久了。女孩的家就在驼山脚下的一个小山村。女孩是在一次

215

每一棵小草都会有春天

挖野菜的时候发现的这眼山泉。那叮咚的声响和淙淙的流水声,让女孩惊喜不已。女孩从此喜欢上了这声响、这山泉。

每天每天,日落时分,女孩放了学,或者挖兔食的时候,便常常一个人来到这里,坐在河边那块心形石上,静静地听泉水叮咚、听小河淙淙。女孩从此开始多梦。女孩的梦里自始至终都是叮咚的山泉声。

就这样,在悦耳动听的山泉声中,女孩送走了春,送走了秋,送走了一年又一年。山泉,成了女孩最好的伙伴。而听泉成了女孩生命中最美的享受。

要不是春天那场突如其来的大病,女孩也许会永远这样一天天地听下去。

女孩上小学五年级那年,一场重病悄悄降临到她的身上。那是一场可怕的疾病。为了挽救女孩的生命,女孩的父母不仅花光了家中所有的积蓄,并且欠下了一屁股的债。学校的老师、同学也都一个个慷慨解囊。即便如此,女孩的病情一直不见好转。

女孩的父母绝望了,整日以泪洗面。女孩的心里更是抑郁的要下雨。女孩不甘心自己心中的那个梦过早地破灭。女孩渴望有一天能够走出大山,亲手弹奏一曲叮咚悦耳的山泉曲。

女孩的身体虽然很虚弱,但女孩还是坚持每天去学校,每天日落时分去小河边听山泉叮咚。只有到这个时候,女孩才会忘却所有的病痛。

可是病魔无情,女孩的病情一天天加重。但女孩还是坚持每天在那个固定的时间,在固定的地方——听泉。

夏天时候,女孩的家乡遭受了一场严重的旱灾。女孩听泉的那条小河断流了。唯有那眼山泉还坚持不懈地发出叮叮咚咚的声响。可是,随着干旱的加重,泉水正日益变细变小,声响已不再那么响亮、清脆。

女孩想，那不断减少的泉水就如同自己的生命。女孩很忧伤，很无助。但女孩还像往常一样，每天去那里听泉，听完，再到泉边看一眼。就一眼。每天每天，即便病情有多严重，也从不间断。

谁也不知道，女孩其实在黯然地等待着泉干水枯、自己生命终结的那一天的到来。

小河的水已经干涸。女孩想，山泉恐怕也快干了吧？那一刻，女孩仿佛听到了生命陨落的声音，含泪写下这么几行字：等到山泉不再响的那一天，就是自己生命不在的时候……女孩将它放在了自己的课桌凳里，夹在一本课外书中。

日子一天天过去，山泉的叮咚声越来越小，几乎听不到了，女孩悲伤到了极点。

女孩又一次艰难地坐在那块石头上。也许这是我最后一次听泉了。女孩这么想着，眼泪哗哗流下来了。可女孩很快便发现，那叮咚的山泉声似乎比昨日大了些。女孩不敢相信自己的耳朵。女孩来到山泉边，看到山泉的水位居然比昨日高了许多。女孩的眼睛湿润了。女孩精神一振，活下去！天天来听泉的愿望牢牢占据了女孩的心。

从此，女孩的心中仿佛被一轮太阳暖暖地照着，多日不见的笑容重新回到女孩的脸上。

日子一天天过去，奇迹出现了，女孩不仅安然度过了医生说的最后期限，并且脸色一天天红润起来。女孩的肿瘤不见了。女孩基本康复了。奇迹，这真是奇迹！医生们惊奇地说。

要不是一个偶然的机会，女孩也许永远不知道山泉水增多的秘密：原来，是班上的那个调皮大王无意中碰倒了女孩的课桌后，发现了那封遗书，并交给了老师。是老师和同学踏遍整个驼山，找到一处新水源，挖掘出另一眼山泉，用塑料管将泉水引到了这

每一棵小草都会有春天

里……女孩的心头霎时被一股巨大的暖流包围着,泪水早已流成了小河,在女孩的脸上恣意地流着。

干旱终于过去,小河的水又涨起来了。山泉的水位更高了。叮咚的声响也大起来……

现在,女孩还是每天那个固定的时候来听泉,只不过来的不再是女孩一个人,还有班上那些可爱的同学。清清的小河边不时响起一阵阵欢快的笑声和叮咚作响的山泉声……